迴響

Echo

蔡一紅逆勢奮鬥的故事

戰勝貧困、失婚、自殺的單親媽媽！

年營業額近億美元的電腦企業總裁！

波士頓市政計劃「科技回家」的創辦人！

前美國副總統高爾公開讚揚的移民典範！

序——追尋靈魂的自由

劉曉莉

慈悲，是一種願他人脫離痛苦的渴望，我發現，它其實存在每一個人的心中；但是光有慈悲心不夠，還必須將內在力量化爲行動。

千禧年交替的那一個聖誕節前，爲了寫這本人物傳記，我隨著書中的主人翁蔡一紅從加州矽谷飛到東岸名城波士頓，參加由她創辦、美國孩子的希望工程—「科技回家」（Technology Goes Home）的結業典禮。在學術文化氣息濃郁的波士頓城，結識了她的兩位好友—波士頓市政府高級主管白人企業家愛德華·迪摩（Edward DeMore），與哈佛大學黑人高材生蜜雪兒·夏(Michelle Shaw)。

在波士頓短短一星期的駐足，傾聽蔡一紅與他們兩人認識的經過，隨即在內心中，勾勒出一個動人美麗的故事。而故事中的三名主角，有著三種不同的膚色—黃、白、黑。

蔡一紅是一位四十歲出頭的黃種人，她是在北加州矽谷成功經營電腦公司的華裔女企業家。在歷盡艱辛，事業奮鬥有成後，反而失落了，問自己：「我還要繼續賺更多的錢嗎？生命的意義何在？」

愛德華．迪摩是一位五十歲出頭的白種人，與甘迺迪家族仳鄰，居住在波士頓 Beacon Hill 的最高級區，是一位事業有成的男性企業家，但卻一心嚮往追求更大的成功、更高的名望。他傲慢與自我中心，幾乎毀了他的婚姻，一時，他警覺到：「一味追求名利，爲什麼不能帶給我內心平靜與生活的和諧？」

蜜雪兒．夏是一位畢業自哈佛大學法學院的黑人高材生，丈夫是哈佛大學的同學，後來又在麻省理工學院取得博士學位。夫妻兩人天生異稟、絕頂聰明。蜜雪兒受高薪禮聘，在律師事務所做了一年多的律師，可是並不開心，發現自己：「不過是替有錢人賺更多的錢，這樣浪費生命，值得嗎？」

這三名來自不同世界、背景不同、膚色各異的人，在時光隧道的某一點，對人生都產生了疑惑，都想突破現狀，超越世俗的成功。這三名南轅北轍、原本不可能有任何交集的人，卻因爲有著共同的信念，因緣際會地聚在一起。

在波士頓城，白人、黑人與其他族群，都是壁壘分明的個體。特別是黑人的貧窮區，一向拒絕白人的幫助，怕他們懷著特殊目的而來，逐漸成為一種侵略。可是，當蔡一紅創立「科技回家」計劃後，她真誠的關懷、無私的奉獻，卻被黑人社區所接受。蔡一紅是單親媽媽，也經歷過貧困的生活，她超越困境，達到今日成就的故事，鼓勵了許多在黑人區貧困中生活的孩子。

在回加州的前一個晚上，迪摩充當嚮導，帶著蔡一紅和我參觀了令人神往的哈佛大學校園，並在附近的一家古樸的高級餐館用餐。那天晚上，迪摩告訴我們很多他生活中起伏的精彩故事，我們三人聊得痛快極了，談人生哲學、談種族問題、談這本人物傳記、談波士頓與矽谷的異同等等。

迪摩提到蜜雪兒採取「家中教學」(Home Schooling)的事。他說在拜訪蜜雪兒簡陋的家後，很驚訝她有這麼大的內在力量，能夠放棄高薪、在極端困難的物質條件下，自己在家教育三個兒子，又去收養另外三個女孩，同時幫助其他窮人。

「有一天，蜜雪兒告訴我，她的力量來自於對上帝的信仰。」迪摩敘述當時他的反應是：「不相信神的存在。」蜜雪兒緊接著挑戰他：「可以的話，找一天，在你獨處的時候，把門關起來，誠心地仰首長嘯：『我不相信上帝的存在！』」

那天回家路上，迪摩認眞地思考了信仰與信心的關連，與更寬廣的人生。

後來的幾天，迪摩在市政府的第九層的辦公室內，一直無法忘懷蜜雪兒的挑戰，他站在偌大的落地窗前、俯瞰波士頓城最宏偉的建築與美輪美奐的街道，張開嘴試圖喊出：「我不相信上帝的存在。」可是，試了一遍又一遍，他的喉嚨哽塞，他流淚了，他原本桀驁不馴的個性，被一種神秘的力量所感動與征服，終於體會出信仰不尋常的願力⋯⋯他相信人活著，有更高的目的與使命。

迪摩第一手的人生體驗是：美國是一個崇尚功利主義的國家，拼命追求個人的成功，但也付出極大的犧牲、精力與代價。對社會來說，最大的影響是破壞人與人之間的關係，人我之間愈來愈疏離；人類身處在一個分離的社會，無論交朋友、教養子女，都建立在有條件的基礎上。

的確，當我們在選擇朋友時，會這麼想：這傢伙對我能有什麼好處？他將來對我的事業能不能幫得上忙？在權衡利害關係與評估之後，若結論是否定的，我們可能就斷然不與這種毫無利用價值的人繼續接觸，不願意「浪費」精神在他們身上。

教育子女也是一樣，我們要求孩子取得最好的成績，不理會他們的興趣如何，只要求他們挑選一些熱門的科系，以便將來有好的出路。他們若違抗父母命，我們就在內心產生不滿或對他們的愛與關懷打上折扣。我們究竟是眞正愛自己的孩子，還是自私地想打造一個理想中的自己？

迪摩是主流社會成功的企業家，他體驗出「競爭的副作用，就是造成人與人之間的疏離感，彼此不再關心對方。」這樣的觀察與體認，深深引發我的共鳴。其實無論是黃種人、白人、黑人，人人各據一方，像是住在玻璃屋與透明的氣泡裡，雖然可以看到對方，雖然像是生活在同一個環境之中，但彼此其實是遵行「三不政策」——不接觸、不關心、不在乎，甚至是鄙視對方的。在玻璃屋裡的人，沒有安全感，大家都不願跨出自己的安全界限之外。

我們從討論中，發現種族之間存在的一些障礙與問題：白人看到亞裔移民人數眾多，成績好，擔心自己無法保持優越的地位，不能再是「cool kid」。亞裔辛勤工作有成就之餘，自傲中帶著些微的自卑，想打入主流的社會，卻找不到門檻。黑人的社交圈一向自我封閉，怕人入侵，更藏有自卑的情結。

假使每個人裹足不前，活在自己窄小的生活圈，美國所謂的「文化大熔爐」，不就只是一種假象，與自欺欺人、裝飾用的名詞？

似乎，這世界上，有錢人、窮人、小販、老闆、售貨員、餐廳女侍、男人、女人、小孩、成年人、老人、漂亮的人、殘障者，任何一種的「不一樣」，都隔開人與人之間親密的關係。其實，做爲人，我們在心理上都是殘缺的，不容易滿足。

我們少用眞心去對待他人，用眞面目面對世界，久而久之，我們也不知道誰是眞正的自己。每個人都在衡量別人，拿別人與自己比較。她比我年輕貌美？他賺錢比我多？他的職務比我高？他的能力比我強？我們喜歡打聽別人，不是眞正的關心，而只是基於自私的考量。

人最需要的就是彼此的聯繫，不是表面的社交，不是利益的交換，而是眞心的關懷與協助。像蔡一紅，願意踏出第一步，伸出援手，從影響一個人開始，再幫助更多的人，創造出一個美麗的新世界，如同把一顆小石頭丟進水中，引起一圈又一圈的漣漪，引發連鎖性的反應。當我們眞正去愛別人，愛比我們不幸的人，提升他們，也就在無形中提升了自己。

這一餐，足足吃了三個鐘頭，對我很有很大的收穫，嚴肅地思考：人的一生，大多是忙忙碌碌過日子，要如何爲自己定位，才能獲得最大的自由與快樂？

我常在想，追求成功的人喜歡挑戰，挑戰帶來成就感，成就感可以滿足自傲與高高在上的感覺，但把成功當成唯一目標的人，恐怕不容易長久保持快樂，而且會隱藏一種遺憾與悲愁，因爲他不斷要與別人做比較，想要更有錢、更有權、更有名望，他怕一停下來，馬上被人追趕上。遠處，總有另一座更高的山等他去攀爬，有更遠的路等他去前行，直到有一天，再也爬不高、走不動，才被迫煞車。可惜的是，他還是得不到內心的滿足與平靜。我們必須好好仔細考量：難道人生就只是這樣嗎？

也許有一天，我們放棄追求，不再執著表面的肯定，我們的心靈就獲得自由了！我們心靈得到自由，生活就會自在，不再被拘束。我們能產生強有力的內在力量，去影響與幫助更多的人，這樣我們就能得到眞正的快樂。

不管你是誰，我們都在走相同的路，我們都很脆弱、都需要人與人之間的扶持。我們追求生存、穩定，尋找生命的意義，我們都想追求快樂與喜樂。

「爲善最樂」，眞的，能幫助人，是幸福的；

我們若能超越對外表、財富的執著，去除批評、批判的態度，我們就會快樂；

我們卸下自己的武裝，我們就會很快樂；

我們肯定自己，眞正去愛與關懷別人，我們就會很快樂；

我們交到眞正的朋友，互通心靈，我們就會很快樂。

美國是一個了不起的國度，並不只是因爲她提供了更多成功的機會，而是因爲在這裡，我們可以面對更多的挑戰，歷經衝突，我們可以迅速成長，打破鴻溝，讓自己更宏觀、更成熟，生活得更自在、更有味道。

舉雙手贊同蔡一紅所說：「我們活著，可以要求生命，選擇自己的生活方式，不是讓社會的價值觀來侷限我們。」

其實，我們都像是上帝的化身，上帝給了我們一個重要的任務，讓我們彼此去發現與了解對方。你、我、男、女、老、小，我們本來就是同一個人，我們關心別人，就是照顧自己；我們憎恨對方，就是分裂自己。所以，當我們排斥別人，自己難以快活；當我們幫助別人，就會滋生喜悅。

蔡一紅、迪摩、蜜雪兒三個人的經歷，都是成功追尋靈魂自由的故事。他們肯定精神層次的最高境界，採取行動，打破人與人之間疏離的關係，進一步互助扶持與關懷。他們三個人都深刻體驗過痛苦的本質，面對眾生的苦難，產生出慈悲與利他的胸懷。

人的成熟度不一樣，經歷也不同，若給自己一點時間去學習愛別人、學習去奉獻，你會發現，生命中除了培養自我的光環外，再把能量延伸到一個更寬廣的領域，就能進入一個包藏愛與美、眞與善的美麗新境界。

政治大學新聞系王洪鈞教授，有一次在舊金山世界日報主筆群的聚會中，很有哲理地這麼形容人生：「雖然人生如戲，也要好好扮演；雖要好好扮演，畢竟人生如戲。」

我想，蔡一紅有過峰迴路轉的人生經歷，應該最能體會這兩句話的眞義。她的一生戲劇化，在許多錯綜複雜的境遇中，雖多次跌倒，但她始終保持力爭上游與助人爲樂的信念，在每一個人生階段，都努力去扮演自己的角色；她耕耘撒種得到很大的成就，但卻從不抬高自己，把自己看得特別重要，而且能盡力去享受人生，這是她用智慧體會人生如戲的結果。

半年來與她密集式的訪談，從僅有的一面之緣到無話不談的好友，我發現，蔡一紅有著許多令人羨慕的條件與人格特質，包括：甜美大方的外表、優美的嗓音、一顆善良的心、堅強的意志力；但是，老天疼惜她，卻也要付予重任，而加倍地磨鍊她。在她的生命歷程中，充滿著超乎正常狀況的難題與挑戰，大風大浪，無人替她阻擋，成功背後，卻也換來一身的筋疲力盡。

有人說：「一個成功的男人，背後總有一個好女人；但一個成功的女人，往往背後沒有一個好男人。」雖是笑談之語，用在蔡一紅身上，卻頗爲貼切。她自內心所激發出的力量與動能，是因爲生命中本應保護她、愛她的兩個男人——父親與丈夫，不幸地都沒有成爲她生命中的避風港，不過，單打獨鬥，卻鍛鍊出她不可屈服的意志與勇往直前的精神。

我感受到，早年生命中沒有受到應有的保護，讓蔡一紅堅強的外表下，隱藏著一顆極為脆弱的心。常常，在內心中，出現一個無法填補、巨大的無底洞，那種內心深處的不安全感，有意無意間，莫名地侵蝕著她的快樂。童年往事、學生時代、出國移民、婚姻關係等等，對許多人來說，所擁有的是一連串美好的回憶；對她而言，卻有太多數不盡的困頓與創傷。受過太多煎熬的一顆心，在回憶往事時，常忍不住地聲淚俱下。

不過，黑夜過去，黎明總是會來臨。蔡一紅天生是個鬥士，她拼得精疲力竭，但從未繳械撤退與放棄希望。一顆善良敏銳的心，在移民美國近二十年後，毅然決然把自己一生努力獲得的心血與積蓄，毫不猶豫地回饋給了社會中的弱勢家庭。

最難得的是，她不是單純的捐款，而同時也捐出了她的心、她的經驗與智慧。她將心比心，用科技拯救貧民，將「武器」交給社會上經濟條件低人一等的家庭，讓他們有本錢與外在的世界競爭。她的傻勁、堅持與執著，石破天驚、革命性地影響了許多在美國波士頓地區窮孩子的一生。

這位四十多年前出生於台灣鄉下的窮苦姑娘，將自己處於劣勢的命運種子，一再扭轉為勝利的果實，讓自己的生命發光發熱，引發正面的精力與共鳴。她奇妙地成為許多美國家庭的希望，成爲美國青少年生命中的光與嚮導。

最令人佩服的是，儘管生命中面臨了無限的困難與創傷，蔡一紅從不顧影自憐，而總是鼓足勇氣去面對它，不但沒有對命運妥協，而且一而再、再而三，跌倒後再爬起，努力克服與突破困境。

生命雖不完美，她卻擁有豐富的人生資產，身邊有摯愛的母親、兩位心連心、共患難的親手足，可愛懂事的女兒、數不完的各族裔好友、敬仰她的年輕孩子，還有她對生命的熱誠、信仰與期盼……。相信，當她繼續背負著不同的使命時，再難、再苦，她都有厚實的力量堅持下去！

謹以此書向本書的主人翁蔡一紅女士致敬，她超越自我，無私的奉獻社會，讓許許多多的人感受她的愛與關懷；她打開心靈，毫無保留地分享自己的經驗與故事，也必定讓眾多的讀者受惠。她的故事告訴人們：不要向宿命低頭，我們有要求生命、選擇生活的權利。她的經過應證了一項眞理：火石不經磨擦，火花不會發出；人不經過刺激，生命的火燄也不會燃燒！

盼這本書的誕生，能開啓人的心靈，也讓蔡一紅發光發熱的愛，在人間留下溫暖的記錄。

序——迴響的迴響

彭　歌

每一位資深的新聞記者，往往都會有一種願望，跳出現實的圈子，不以採擷人生的片段——即使是十分精彩的片段——爲滿足，要去從事創作，追求無限的想像空間。正當盛年的劉曉莉女士，在我看來還不應該歸於「資深」的一類，但她已經懷有這樣的想望。寫書，是與新聞工作最接近、也可能是最遠的挑戰，《迴響》是她寫的第七本書，也可能是她到目前爲止最好的作品。

新聞界先進、同時也是傑出小說家徐鍾珮女士，有一次曾解釋她爲什麼自《餘音》之後不再寫小說，「今天的世界，現實人生光怪陸離，往往超出小說家的想像之外，何必再寫小說？」許多眞人實事中表現的戲劇性，小說家編都編不出來。這也說明了近代文壇上好的小說越來越少見，而感人肺腑的傳記和報導文學倒是越來越受歡迎。這種趨勢，中外皆然。劉曉莉的《迴響》是用第一人稱的小說筆法，寫出了一位中國女性在美國奮鬥成功的經過，因爲都是眞人實事，所以更爲難得。

本書傳主蔡一紅女士，別人爲她取的英文名 Echo，就成了這本書的題目。她出生台灣山間農家，自幼家境清寒。在她童年記憶中，爲了躲債，「兩年內搬過八次家」，這一句話中包含了多少辛酸。

半工半讀勉強讀完了大學夜間部，與前夫來美。先生讀書，她去找尋各式各樣工作的機會。從端茶送水的餐廳侍者，到跳蚤市場的售貨員，她吃盡了苦頭，也從每一種磨人的工作裡學到了東西。她的英語並不流暢，科技新知更是一片茫然，但她在來美十多年之後，竟成爲矽谷地區一家發展迅速的電腦公司的主持人。其間經歷，十分具有傳奇性，但都是百分之百的事實。

由出身寒微的少女，後來因婚變而成爲單親媽媽，她能一步步開拓人生的新境界，憑的是堅強的性格和善良的心田。不怨天、不尤人，與人爲善，盡其在我，是蔡一紅克服重重困難的秘訣。

從一個平凡的人做到大公司的主腦，已經很令人稱羨，但蔡一紅之難得處猶不止此。她爲了「助人爲快樂之本」，慨然捐出一千台電腦給波士頓，玉成了當地市長「科技回家」的計劃。

更難得的是，她不僅捐出電腦，而且花費許多時間和精力，鼓勵那些學生和家長們參加十二週的講習，學會了電腦基本技術之後，就可免費得到一台全新的電腦，帶回家去做爲學習的工具。

這樣出錢出力的義舉，自然引起各方的重視和好評。她自一九九九年捐電腦，二〇〇〇年設立「數位之橋基金會」，到現在波士頓全市已有一百三十所學校架有網路，平均每六個學生共用一台電腦。人文薈萃的波士頓，在這方面也是全美國最「先進」的城市。蔡一紅扮演了推手的角色。

一個年輕的移民從「無立錐之地」的困境開始，中間經過的每一個轉折，都是這樣刻骨銘心，感人至深。我覺得特別有趣的一段是，當她在台北推銷鋼琴，被一位闊太太告上法庭，法官秉公判案，替她講了好話。最好的小說家可能也寫不出這樣的結局，很意外，但十分近情合理。

這是一本可讀性甚高、而且開卷有益的好書。世界上有像蔡一紅與劉曉莉這樣的年輕人，默默地從事她們自認爲最有意義的工作，使人覺得這個世界無論如何混亂，應該還是有希望的。

【彭歌先生，本名姚朋，曾任中央日報總主筆、社長、並擔任國際筆會中華民國筆會會長長達七年，出版的小說、散文、翻譯作品等共數十餘冊。】

序——傾聽心靈的迴響

程寶林

花了五個小時，一口氣讀完劉曉莉女士的新著《迴響》，我產生的第一個念頭是，我要認識蔡一紅，那個從台灣來的從前的灰姑娘。如今她的頭頂有光環閃耀：波士頓的市長，曾經將某個普通的日子命名為「蔡一紅日」——在那個日子裡全體華裔有意或無意之間，都分享了她的成功和榮耀；她位於矽谷的電腦公司，年營業額已達八千多萬美元——這個數字對於聲名赫赫的美國大公司來說，也許不足掛齒，但對於十多年前還是一家便利店小老闆，自己並不懂電腦，又沒有任何背景和靠山的單親母親來說，這無疑是一座用美元鑄造的紀念碑，彰顯了一個來自台灣的窮孩子、弱女子一路走來的艱辛和堅韌。

毫無疑問，正當中年、事業如日中天的蔡一紅，並沒有達到人生輝煌和燦爛的頂點。我寧肯相信過去十多年來，蔡一紅在商海浮沉和電腦興衰中取得的成就，對蔡一紅來說只是牛刀小試。我們有理由期待她更大的成功和幸運，帶給我們更多的榮耀和光彩。但我要說的是，蔡一紅的眞正可貴之處，是她對於財富的看法。她看待錢財的方式將她與一般意義上的生意人區別了開來。

這一切都源於她的孤弱、貧寒、靠頑強打拼才得以生存的求學的童年與少年時代。在台灣經濟尚未起飛的艱困年代裡，蔡一紅以羸弱的肩頭，堅強地扛起了生活的重擔。在這個有時甚至三餐不繼、常年債台高築、因房東逼租而兩年八遷的家庭裡，小小年紀的蔡一紅猶如擎天一柱，撐起了這個搖搖欲墜的家庭。這種貧困的生活，本應使蔡一紅產生深深的自卑感。但我們欣喜地看到，恰恰相反，逆境激發起的卻是蔡一紅那種不認命、不服輸，一定要改變自己命運的倔強勁兒。這是一種可貴的人類精神。中國古語中「置之死地而後生」這句話所蘊含的深刻哲理，在蔡一紅的身上得到了應驗。

雖然蔡一紅的成就，是在美國，是在富甲全美的加州矽谷取得的，但她在台灣的成長經歷，與她今日的成功，卻具有切割不斷的因果關係。設若蔡一紅生於富豪之家、長於權貴之門，一到美國，就買的是賓士，住的是豪宅，那麼，我們只不過說，富饒的舊金山灣區，不過又多了一個空閨寂寞的「富姐」（以蔡小姐的年齡，似尚不夠被尊為「富婆」）而已。

當我從書中讀到她對小夥伴洋娃娃的羨慕、讀到她製衣、幫佣、販書的諸種經歷時，我心中對於蔡一紅的敬意油然而生，且越來越強烈。那首受人歡迎的歌唱得好：「愛拼才會贏！」而蔡一紅也深深地知道，她要與之拼搏的對象，不僅是貧困，不僅是世俗而勢利的蔑視的眼光，更有人性深處潛藏的各種性格的、性別的、種族的、文化的弱點。從台灣灰姑娘，到矽谷女企業家，這其間的跨度，正好是一道彩虹的跨度。在舊金山海灣雨後的天空中，我們時常可以看到這樣的彩虹，橫空出世，將她的絢爛和明媚展示給世人。

內心裡有一個聲音

用錢賺更多的錢，是天經地義的事情。用錢回饋社會、扶助弱勢族群，美國憲法卻並無這樣的規定。是什麼驅使蔡一紅推動「科技回家」計劃，並且向遠在波士頓的窮人家庭，慷慨捐贈一千台電腦，而且還開班授課，讓窮人家庭也能受惠於科技的進步與資訊的發達?

僅僅用善良和愛心來理解蔡一紅和她的舉動，我想顯然是不夠的。從心理分析的角度來看，她是在彌補自己的童年和少年時代所沒有得到的、當時的社會、家庭、人群虧欠她的愛和溫暖。既然「人生而平等」(People are created equal)，理應每個人一生下來就該擁有並無分別的愛與呵護。但這種烏托邦的世界迄今並沒有存在過。所謂命運，對於大多數人來說，不外乎是出生時的一種運氣：出生在什麼樣的國家、什麼樣的社會、什麼樣的家庭，往往決定了他或她一生的貧富貴賤。在這種情形下，沒有誰敢說這個世界是完全公正與公平的。

蔡一紅努力的意義正在於此：她要用她或許杯水車薪的微薄力量，使這個世界更加公平一點。其間的道理一目了然：你從江河中取一瓢飲，江河不見其少；你向江河中注入一杯水，江河不見其多。但是，取之則少、注之則多，這卻是千眞萬確不容置疑的。如果取之者眾，則江河必涸；注之者多，則江河必溢。洪水氾濫固然是人類之禍，但在充滿仇恨與殺戮的世界上(想起不久前尼泊爾王宮裡的皇室滅門慘禍，我就不寒而慄，爲自己身爲萬靈之靈的人類一分子感到悲哀和屈辱)，如果人類愛心氾濫，難道不正是人類之福嗎?

正如基督教的基本教義所倡導的那樣：施比受更有福，更爲喜樂。蔡一紅雖然身爲成功的女企業家，擁有相當的財富，但在大富豪多如過江之鯽的美國，卻也不算太有錢——與那些富比王侯、富可敵國，或最起碼富甲一方的人相比。但蔡一紅在自己力所能及的範圍內，做了她應該做的事情。與其說她是一個慈善家，我寧肯說她是一個踏實的、任勞任怨的義工，把自己辛苦賺取的財富，把自己寶貴的、分秒必爭的時間，無償地奉獻給了那些甚至不屬於自己族群的非裔、西裔窮孩子。她投資的是自己廣博的愛心和「幼吾幼以及人之幼」的華族傳統美德，而那些孩子臉上天真的微笑，則是她最大的回報。

就像這本書的主人翁蔡一紅的英文名字 ECHO 所昭示的那樣：她之所以以「科技回家」的方式慷慨回饋社會，是因爲她聽從了自己內心的一個聲音的召喚。那個聲音就是：愛是一口奇妙的井，你舀出的水越多，井裡湧出的甘洌清泉就越旺。它將濡染那些乾渴的喉嚨，更會潤澤自己久旱的心靈。就像我們只有面對深山峽谷、高堂大廈盡情一呼，才能聽到悠遠飄逸的回響一樣，只有一顆寬廣博大的心胸，才能產生回響，才能激起靈魂的共振和心靈的共鳴。沒有誰會相信小肚雞腸中能產生什麼回響！

蔡一紅傾聽到了、捕捉到了這種回響，並將它化成了踏踏實實的行動，而不是譁眾取寵的作秀。在本書中，我們讀到這樣一個細節：高爾副總統出席「科技回家」畢業典禮時，身爲主人的蔡一紅，想向高大挺拔、英俊瀟灑的副總統先生索要一個簽名，不是給自己，而是給自己的女兒。這時，蔡一紅表現出了當年身爲灰姑娘時的那種遲疑和膽怯。書中寫道：「我興奮得不得了，驚訝副總統居然那麼隨和，沒有架子。當我自副總統手中接過簽名，看到上面寫著『給克莉絲汀娜，你母親的崇拜者』，我眞的感動極了。」

彼情彼景，令我感到栩栩如生，而又萬分親切，因爲我們見到過太多的所謂華人精英，不惜花一萬美元出席總統的籌款餐會，換取一張和總統合影的照片懸之高堂，赫赫然有「我的朋友柯林頓」(仿當年流行的「我的朋友胡適之」語)的那種顧盼自雄。與這種「打入美國主流社會」的方式相比，蔡一紅這種古典的、傳統的扶弱濟困、以高科技幫助窮人的方式，或多或少顯得有點笨拙和迂腐了。但這種笨拙和迂腐又是何其可愛，她面對高爾副總統所表現出的那種平民女子的興奮和驚醒，又是何等的眞實和動人啊！

在中國的古典詩歌裡，無路可走的時刻（所謂「途窮」）是可以入詩的，可以爲之歌，如李白，可以爲之哭，如阮籍，可以「山重水盡疑無路，柳暗花明又一村」，感受那種人生景觀的突然洞開，豁然開朗；可以「行到水窮處，坐看雲起時」，體味風雲舒捲、白雲蒼狗的人生變幻；也可以冥想「日暮鄉關何處是，煙花江上使人愁」的羈旅之思、家國之夢。

有一次，蔡一紅到亞特蘭大開會，深夜開車回旅館時，不擅看路的她迷路了，加之又受到了驚嚇，在大雨滂沱之中，在四圍夜色重重裡，貴爲總裁、一百多名員工衣食所仰的蔡小姐，坐在車裡，竟然像一個迷路的小女孩那樣，伏在方向盤上放聲大哭起來。她也許想到了自己毫不幸福的童年、自己破碎的婚姻、自己留在家中聚少離多的女兒、自己仰藥自盡險些命喪黃泉的慘痛記憶，或許什麼也沒有想，僅僅是因爲害怕天黑、害怕找不到回家的路，總之她哭了起來。車窗外是冷雨，車窗內是更冷的淚雨，這時的蔡一紅，身分已經不是什麼總裁、成功人士。她只是一個獨力撫養女兒的單身母親、一個多少有點令人同情的弱女子，在異國的黑夜裡，完完全全是一隻迷途的羔羊。

但當她哭夠了，她毅然將眼淚擦乾，決然地重新開動汽車回到路上，她又搖身一變，變成了那個自信、自尊、自強的蔡一紅、蔡總裁。在這本書裡，這個文學意義上的細節，給我留下了至深的印象。這是一個具有強烈視覺效果的場景，如果要拍一部有關蔡一紅成長故事的記錄影片，這一場景應該濃墨重彩。在這本書中，這樣感人的細節還很多，比如蔡一紅當年在台灣推銷鋼琴時，被蠻橫的某顧客告上法庭的那一幕，就同樣感人、同樣生動。

這本書的作者劉曉莉女士是美國華文第一大報的採訪主任、作爲已有七、八部著作問世的知名記者和作家，她是很有些可以驕傲的資本的。通觀全書，她全然隱在了傳主的背後，她甚至可以說，徹底將自己的生活哲學和寫作的對象蔡一紅融合在了一起，分不出彼此。這與其歸功於劉曉莉所受的專業訓練、從業經驗、寫作能力，不如說是出於她爲人爲文的那種謙遜和誠實，她絲毫也沒有喧賓奪主的意圖。她採用第一人稱，將蔡一紅直接推向讀者，直接向讀者敞開自己的心靈，讓讀者展卷讀來，蔡一紅的人生旅程、心路歷程，一一展示在讀者面前。作爲一部傳記，讀者可以完全認同書中的主人翁，卻完全忽略傳記作者。這是劉曉莉的大幸，也是這部書的成功之處。這種寫作風格的謙謙君子之風，表明劉曉莉在自己選擇的寫作領域上有廣大的空間，定會有更多、更有思想深度的好作品繼續問世。

我在本文開頭，開宗明義就提到，我讀過本書後的第一個念頭就是要認識蔡一紅。其實，我已經認識了這個從灰姑娘脫胎換骨的傑出女性，從本質上、從骨髓和靈魂深處。至於今後是否有機會與蔡一紅女士面對面品茗相談，這已毫不重要。在這個意義上，我要謝謝劉曉莉女士，因為通過她的筆，我觸摸到了一顆高貴、堅強、慈悲的女性的心靈。

【程寶林先生為中國作家協會會員、旅美作家、詩人。】

序——她

黃韓玲

她筆下的人物都生動鮮活。
寫王嘉廉，勾勒出獨一無二的「軟體靈龍」，
寫田長霖，帶領我們同行「柏克萊之路」，
一旦找到好的故事題材，就像小孩看到糖果一般地興奮，
她挖出了許多可歌可泣的華人的故事，
她要告訴你更多華人的「美國夢」。
她總是與你「報上見」，
當記者時，寫了許多得獎的特稿、專訪，
升格做了採訪主任後，成爲地方評論的主筆之一，
有時她會奮力筆伐，爲你向不公、不正、不義的社會百態挑戰；
有時她娓娓道來，在溫暖的筆調下，鋪陳陽光普照的人間。

夢君說：她是一個最真的人。
慧娥說：她是一個精力充沛、才華橫溢的人。
海珠說：狂放的她，比正經的她精彩多多；脾氣好得一路糊塗。
喬琚說：她很能給人信心、讓人感覺自在。
我說：她那看似剛強的外表，包藏著趣味盎然的柔軟。
這樣的一個她——劉曉莉，
寫出了另一個她——蔡一紅。

※　※　※

她說：「贈送電腦這件事，受益最深的就是我自己。」
佛教所講的佈施有三種：
財佈施——施人以財，法佈施——佈人以道，
無畏施——濟人以精神與物質的多重需要，使其免於恐懼。
她的佈施是屬於那一種呢？

讀完這本書，就可以找到答案。

基督教說：「施比受更爲有福。」

她爲妳做出見證，說了——受益最深的就是我自己。

她說：「從餐館打工，學到提供優質服務的觀念。」

很多新移民都有過餐館打工的經驗，但是恐怕大家學到的都是如何算計小費，

記得的是某某客人多麼大方或是實在太小氣。

她學到的是：「優質的服務換得無價的尊重。」

她記得的是：「服務的眞精神賺到了利潤。」

這一個以汗水換來的理念，

助她奠定了 HiQ 成長的基石。

她說：「我們都比自己想像的更加堅強。」

有人曾在失火時，提著一個日後怎麼都無法提起的大箱子往外跑；

有人會在被惡徒追逐時，跑出接近於運動名將的紀錄。

因爲我們都有不曾測出的潛能，

需經外境的刺激或壓迫才會展現。

那些外境都不是她的選擇，
相信我們任何人都不會要主動選擇陷入那樣的處境。
她所做的選擇是接受與面對，終於，她歷練而出的啓示就是：
「我們都比自己想像的更加堅強。」

※　　※　　※

一路行來間隨處皆是道揚，
心定不畏境轉但見葉綠花紅。
感謝妳，Echo！
感謝妳，曉莉！

【黃韓玲女士爲業餘作家，編撰過多本著作，現任 Aplus Flash Technology 行政主管。】

目錄

第一章

光榮的見證

我相信，人類有一種特質潛能，隱藏在生命的最內層，普通的刺激無法將它喚出。有時因為被嘲笑、被揶揄、被欺負、被凌辱，反而產生出一股新的力量，成就在一般情況下無法成就的事業。

蔡一紅接受波士頓市長馬尼諾所頒發的「蔡一紅日」表揚狀

夢想成眞

從小，我不敢有什麼遠大的志向。有一陣子，家裡甚至到了三餐不繼的地步，我只是夢想，長大以後，要賺很多很多的錢，脫離貧困與自悲，過著舒舒服服、無憂無慮的日子。一九八一年，命運之神把我從台灣帶到美國，面對一個新的國度，沒有遍地黃金，卻是另一個苦難與奮鬥的開始，我沒有料到，異國的生活充滿了荊棘，一度，更是如此的煎熬不堪⋯⋯。

創業，是我生命中的一大轉機，那一路走來，我咬牙要求自己：「只准成功、不准失敗。」一幌眼，二十年過去了，我從一個小姑娘變為單親媽媽；從一文不名成為營業額達八千萬美元的電腦公司總裁；其間的大起大落，有太多不足為外人道的艱辛與痛苦。這一路走來，我體會到，追求夢想，是每一個人的天賦權利；但想要實現夢想，除了要付出代價、懂得犧牲，還要心甘情願地與人分享。

六月十四日，對我來說，是一個非常重要的日子。因為那一天，我知道，自己的辛苦沒有白費、淚水沒有白流；我感到很滿足、很自傲。那份驕傲，不光是因為自己的成就得到了肯定，最有意義的是：我對社會產生了正面的影響，有一群人因為我的努力而受益。就在那一刻，我清楚地意識到，自己的夢想，因而圓滿達成。

移民典範──「蔡一紅日」(Echo Tsai Day)

二〇〇〇年六月初，我接到來自波士頓市長辦公室的電話，問我能不能在六月十四日前往波士頓一趟，因為美國聯邦商務部長威廉．戴利（William Daley）要到波士頓參觀我所創立的「科技回家」計劃（Technology Goes Home），他們希望我能在場歡迎與接待戴利。

戴利到波士頓是因為受到美國總統柯林頓的指派，那時他在全國大力呼籲消除「數據分隔」(Digital Divide)，要戴利展開「全國數據機會之旅」(Digital Opportunity Tour)，希望鼓勵和加強美國各城市，尤其是貧窮社區的電腦使用與上網的機會。

「數據分隔」後來成為時髦的名稱，它來自美國商業部於一九九九年七月發表的一份報告，報告中說，科技時代雖已來臨，但低收入的家庭與社區，無法得到高科技帶來的益處，造成科技時代資訊取得的差異；也因此，增長了社會貧富之間的差距。

「科技回家」受到重視，是因為它以電腦教學方式幫助低收入的家庭取得必要的技術，協助家境不好的孩子在科技時代有競爭的本錢。現在，它成為波士頓市政府向全美各州宣傳的計劃，也是全美第一個成功消除「數據分隔」的典範計劃。

我在接到波士頓市長辦公室的電話後，翻查了一下自己的行事曆，湊巧是女兒放暑假，我過去就一直希望有機會帶她到紐約百老匯看舞台劇的表演，所以我答應前往波士頓一趟，並把十歲的女兒一道帶去。十三日下午我們就抵達了波士頓市，十四日上午十時，密集參與了市政府安排的一連串活動。

我們陪著商業部長戴利四處參觀，先在一所小學校聽取學區總監裴森介紹學校運用電腦科技以及上網的情形，上午十一點左右，前往對街 Dorchester 區「卡德曼廣場」社區中心，現場由工作人員向部長解釋「科技回家」運作方式、電腦教學和推廣成果。之後，我們再一同前往附近的一所教堂，參加了波士頓市長曼尼諾主持的「科技回家」計劃的首期結業典禮。

這是一個很美麗教堂，可以容納三百多個座位，我們進去時，講台的一邊已經放了一排椅子，商務部長、學區總監、萊克斯科技公司總裁與我四個人，分別被請到台上就座。

節目開始時，先由兩位黑人女歌唱家表演高音二重唱，優美的聖樂，瞬間把氣氛帶得很莊嚴，讓人的情緒一下子安靜了下來。

馬尼諾市長上台做了開場白，他首先以主人的身分謝謝商業部長、貴賓及所有在場人士的光臨，他解釋了「科技回家」計劃的背景，並恭喜所有的畢業家庭。之後，市長邀請戴利部長一同頒發結業證書給這些抱著歡喜心情的家庭，並與他們一一合影留念。

市長接著回到講台，拿起一紙文件，他向在場人士宣佈，這是一張頒給我的表揚狀（Proclamation），我一聽，嚇了一跳，因為事前我毫不知情。

他一字一句、清晰地唸著表揚狀上面的文字：

蔡一紅十七年前自台灣移民到美國，靠著勤奮、專注與決心，創辦了 HiQ 電腦公司，現在它成爲一家成功、在全美受到尊崇的科技公司。

一九九八年，蔡一紅把公司設在新英格蘭的總部，從麻州的柏林頓搬到市府的科技強化特區 Roxbury，表明她支持波士頓市的決心。

蔡一紅並不以謀生爲滿足，她深覺有義務回饋她的第二個家園。

波士頓市與公立學校系統很榮幸地成爲蔡一紅慷慨奉獻的對象。

蔡一紅捐贈一千台電腦，創立了科技回家計劃，提供低收入家庭電腦器材與訓練；她進一步提供科技訓練給波士頓公立學校的老師、行政人員與職員。

蔡一紅的故事是美國夢的實現，她的慷慨捐贈與對波士頓市和波士頓公立學校的奉獻，對所有人產生了啓發的作用。

因此，我，湯馬士．馬尼諾，波士頓的市長，在此宣佈西元二〇〇〇年六月十四日星期三為波士頓市的「蔡一紅日」。我呼籲所有的波士頓市民和我一同來肯定這個重要的一天。【註】

一讀完表揚狀，馬尼諾市長就把我請到台前去，此時，全場的人都站了起來，並熱烈鼓掌。對這個出其不意的驚喜，我頓時呆住了，站在台中間不曉得如何反應。當市長要我「說幾句話」時，我的腦筋裡，盡是一片空白。

在參加這個活動之前，市政府的人跟我提到馬尼諾市長有一個小禮物要送給我，要我準備五分鐘的講話，因此事前我打了一個腹稿，主要內容是恭喜這些家庭能順利畢業，但萬萬沒有想到，居然會收到這麼一個「大禮」。

全場久久不息的掌聲，讓我深覺激動，我站在台前，手捧著精緻的表揚狀，一幕幕往事瞬間自腦中迅速閃過，從十多年前落腳新大陸的茫然無知到現在站在台前受眾人的歡呼，這樣巨大的差別，是連作夢都想不到的。

我帶著略抖的聲音說：「十八年前來美國時，我秉持著勤能補拙的觀念，相信在美國這塊自由的土地上，勤奮工作絕對可以得到應有的報償……。這十幾年來的孤軍奮鬥，一路走來，克服了許多挑戰，但內心的寂寞與孤獨卻很痛苦蝕心……。」

我開始哽咽起來，台下鴉雀無聲。我停頓了一會兒，抹去兩頰上的淚水，然後用極為肯定的語氣說：「可是，今天站在這裡，我確切感到不再孤單。我非常謝謝科技回家的家庭們，因為有你們，使我的美國夢得以圓滿完成。(Make my American Dream completed.)」

話一說完，台下就爆起一陣歡呼與掌聲。他們大概沒想到，一個外表看似堅強的公司女總裁，竟也有那麼脆弱的一面吧！

典禮結束後，一堆人蜂擁過來找我簽名與拍照留念，我感到受寵若驚，但也開心與驕傲不已。

第二天，我讀到波士頓英文報紙這麼寫：

在戴利部長、萊克斯總裁兼執行長戴維斯（Bob Davis）、學區總監裴森等，教育界、政界、商界等三百多人的見證下，市長給了蔡一紅一個驚喜，宣佈當天是「蔡一紅日」，他公開盛讚蔡一紅發起「科技回家」計劃，他說：「達到縮減『數據分隔』並不是一件簡單的事，可是她幫我們達到了目標。」

這位十七年前隨前夫來美，在威斯康辛州的小鎮做女侍，幫人端茶送菜，而在十年前人生走投無路下，才進入電腦行業的華裔女性，居然能夠有遠見地想出用科技消滅貧窮的方法，在她不是超級巨富的情況下，大手筆捐出一千台電腦創立「科技回家」計劃。難得的是，她不只捐錢、捐電腦器材，還捐出了她的心、她的時間與經驗智慧，積極參與濟弱扶貧計劃。

我對新聞界的溢美之詞很感激，但是，我真正的感受是，人的一生，可以成就的實在很有限，能有機會幫助別人，是非常幸運的。我始終覺得，捐贈電腦這整件事，受益最深的，不是別人，而是我自己。

我的奮鬥歷程的確相當艱苦，報上說我「十多年前人生走投無路下，才進入電腦行業」，其實，我從幼年開始，沒有一個過程不需要靠自己努力，沒有一刻鐘不需要獨立奮鬥。

一個單親媽媽的創業故事

曾經有人問我：「像妳這樣一個帶著孩子的女人，既沒背景，又沒錢，要說關係沒關係，要說技術沒技術，電腦根本不懂，怎麼能夠在矽谷打下一片天？」

我也常思考這個問題，十幾年來，HiQ 電腦公司從無到有，成為電腦精英匯集矽谷地區數一數二的華人電腦系統公司，其實，大部分原因是被環境「逼出來的」。創業對我來説是一條單行道，只能成功、不能失敗。

從小，為了債務，家裡的積蓄及房子變賣一空；為了躲債，爸爸長期不在家，媽媽帶著我們過著寄人籬下、打工還債的日子。記得小時侯，常因繳不出房租，被房東趕出門，最高記錄是兩年搬八次家。但是，天無絕人之路，顛沛流離的童年，鍛鍊出我們三姐弟打拼的本錢。

我在打工與讀書中渡過學生生涯，在文化大學唸夜間部時，白天做事、晚上唸書。有一年，媽媽因過度操勞，得了腎臟病，不能工作，兩個弟弟也趕著畢業，我必須暫時休學，日夜工作，賺錢幫助家裡度過難關後，才重拾書本。

一九八二年，我跟著前夫來美伴讀，他在威斯康辛州的一所大學攻讀研究所，我在餐廳打工，並且利用時間到成人學校學英文。在他學校畢業後，我們移居加州洛杉磯，也從台灣進口禮品首飾，到當地的跳蚤市場販賣。端茶倒水和擺攤的經驗，雖微不足道，但接觸到美國重視消費者的觀念，對我以後的創業，有相當大的啓發與幫助。

一九八四年底，我和前夫到北加州矽谷所在的聖荷西市（San Jose）協助朋友經營7-11便利商店，以後自己也取得便利商店的經銷權。經營便利商店是一個耗時費工的行業，但可以真正學習到美國式的經營連鎖企業之道，注重服務與品質的特點。

大弟培林與朋友於一九八七年在矽谷以五千美元創立系統電腦公司，當時我正處於家庭間的極大糾紛中，決定放棄經營便利商店，另覓出路。在「想過自己的生活」這種心理的驅動下，培林邀我加入創業才數月的電腦公司，並贈送我股份，讓我負責對外的銷售，當時除了我們姐弟外，還有另外二名合夥人，每月銷售額不到十萬元。

在人才濟濟的矽谷，當時的我，卻是十足的電腦文盲，英文更欠流利。為了做好這份工作，我開始利用晚上到社區學院修電腦課，不會的電腦術語，用注音符號注音標明。創業的過程相當辛苦，一週七天，周間在公司忙，周末要跑場，到處參加電腦展示會、擺攤位。雖然忙碌，但充分享受創業的成就感，公司的經過多年的耕耘努力，逐漸上軌道，在矽谷慢慢打開知名度。

事業漸上軌道的同時，我的婚姻生變，夫妻感情在一次次的爭吵及猜疑下，逐滴消失。一九九〇年，我帶著稚齡的女兒離開前夫，除了工作以外，一無所有。事業成為女兒之外唯一的寄託與奮鬥的目標。

家庭生變的同時，公司也面臨痛苦的轉型期。康百克公司的低價政策，打垮了以進口台灣電腦產品在美行銷的華人廠商，大家紛紛苦思應變之道，有人以次級品降低成本，以更低價的行銷方法應付。但我決定堅持品質，不但產品不輸名牌，而且增加售後服務人手，加強服務陣容，提供人性化的高效率服務，兼具了大公司講求品質及小公司提供親切服務的優點。

在一般華人電腦公司紛紛縮減規模的同時，我們定位非常清楚，堅持服務品質，在同業中始終保持技術領先特點，使公司贏得良好的商譽，獲得史丹福大學、MCI電話公司、聖荷西大學等客户的信任。公司在這段時間也因此快速成長，連續在加州及外州拓展了八個分公司，建立了全美行銷網路。

十幾年之中，公司從三名員工發展到現在一百多名員工，每年的營業額也從創業時的一百多萬美元成長到八千多萬美元，成長幅度高達八十倍，如以每名員工的能產而論，算是不容易的成績。

現在，我的心境很平穩、很踏實，但對自己幼年家境貧寒，被他人諷刺嘲笑，至今，心裡還隱隱作痛。那時，我立誓要將自己從嘲笑與污辱中救贖出來，要盡全力奮鬥，使自己不再陷入那種可怖的低潮與痛苦中。因為受賜於許多過去經驗的刺激，與重大責任壓在身上，我幸運地從中發現了「自我」，也刺激出潛能與培養出超強的忍耐力。

我相信，人類有一種特質潛能，隱藏在生命的最內層，普通的刺激無法將它喚出，有時因為被嘲笑、被揶揄、被欺負、被凌辱，反而產生出一股新的力量，成就在一般情況下無法成就的事業。從我的經歷，我深切體會，艱苦貧困的生活、不利的客觀條件、人生的某些缺陷，絕對可以轉換成激發人類潛能的要素。經常，人被困於絕境險地的時候，往往會打出一條血路、絕處逢生。

對於不費力得來的東西，反而讓我感到不踏實。我總認為，不需要奮鬥得來的東西，總是不太靠得住，而且多半不會受到珍惜。克服困境、從激戰中得到的勝利與戰利品，才是美味、持久、令人喜悅的。

一般人創業動機可能多是基於高瞻遠矚或創業雄心，但對我這樣一個創業條件不佳的單親媽媽來說，創業過程真是被生活環境逼出來的。我想，自己所以能成功，除了歸功於電腦界一批好朋友的幫忙外，大概是因為我從小被生活所訓練的韌性及鬥志，不甘跌倒後就仆地不起的意志吧！

【註】波士頓市「蔡一紅日」表揚狀的英文內容：

Whereas: Echo Tsai moved to America from Taiwan seventeen years ago and through extraordinary hard work, dedication, and determination built HiQ Computers, now a successful, nationally respected technology company;

Whereas: In 1998, Echo Tsai demonstrated a strong commitment to the City of Boston by moving HiQ's New England headquarters from Burlington, Massachusetts to Roxbury, within the city established Empowerment Zone;

Whereas: Echo Tsai was not content to just make a living, but felt a strong and most admirable obligation to give back something of value to her adopted country;

Whereas: Echo Tsai has honored the City of Boston by choosing this city and its school system for her generous support;

Whereas: Echo Tsai donated 1,000 computers to launch to "Technology Goes Home" Program, there by providing low income families with computers and training; and Echo Tsai further assisted the Boston Public Schools by offering opportunities for technology training to teachers, school administrators and staff;

Whereas: Echo Tsai's story epitomizes the American Dream and her extreme kindness and commitment to the City of Bost on and to the Boston Public Schools has been an inspiration to all; NOW

Therefore, I, Thomas M. Menino, Mayor of the City of Boston, do hereby proclaim Wednesday, June1 4, 2000, to be ECHO TSAI DAY in the City of Boston, and I urge all of my fellow Bostonians to join me in recognizing this important occasion.

第二章

困頓中的成長與磨練

我的童年是很寂寞的。因為家裡經濟狀況不佳，有時連三餐吃飽都成問題，擁有玩伴，就像是擁有奢侈品。貧窮，像是揮之不去的夢魘，在我的成長過程中，如影隨形。

古亭國中二年級的學生照

窮困的童年生活

七、八歲時，我在一個小學操場，看到一名鄰居小女孩抱著一個漂亮的洋娃娃，鄰居的幾個小孩子都一窩蜂地圍過去，搶著和她一起玩。我心裡好羨慕，多麼希望也擁有一個屬於自己的洋娃娃。可是好強的我，並沒有像其他孩子爭先恐後去摸洋娃娃，只是站在旁邊看。回家後，我緊緊摟著媽媽替我縫製的舊布娃娃，我不願意別人洞悉我羨慕，與略帶自悲的心情。

我的童年，因家境不好，苦多於樂。只有在南庄的日子，包藏著很短暫、但很快樂童年記憶。

南庄位在台灣竹南山間裡一個有山有水的世外桃源，一九五七年七月十日，我就出生在這麼一個生活純樸的鄉下。那裡風景特別的美，每户住家的下方，都有清澈的小溪流穿過，而從家中往外的通道上，都由長木板覆蓋著，形成一種特殊的景觀。

每年學校放暑假，我都會到外婆家住一段時間，興奮地與表姐妹們到河邊釣蝦、挖地瓜。外婆的家後面有一個大菜園，我們姐妹們常在菜園摘新鮮的豆子與大把的蔬菜抱回去給外婆，外婆會拿最新鮮的九層塔來炒雞蛋，味道鮮美，至今難忘！

我還記得，菜園的後面養著幾頭豬公，不時地，能聽到低沉的豬叫聲。介於菜園與豬欄之間，是一個簡陋的茅廁，廁所沒有門，我上廁所時總是和豬兒面對面，研究牠們的模樣，十分有趣。

在外婆家，每天清晨起床，我就跟著表姐妹們到河邊撿一些奇形怪狀的石頭，下午，拎著小板凳去看野台戲，嘴巴舔著包蕃茄的糖葫蘆，大夥兒擠在人群當中，等著好戲開場。一整天，就這麼幸福地打發過去。雖然當時的物質條件不好，但卻是那麼無憂無慮，開心快活。

我的父親是一名教師，做過小學校長。小時候，爸爸總是從學校拿一些兒童讀物回家，我和兩個弟弟——小我兩歲的培林與小我四歲的應忠，常常有機會讀很多的課外讀物，養成閱讀的習慣。

父親當老師，我們讀書自然不能太差，當我考試成績不理想時，爸爸會不高興地說：「妳不好好唸書，就去洗衣服。」那時住在空間有限的日式房子裡，家裡待洗的衣服常堆在廚房內，記憶裡，我被關在廚房裡洗衣服的次數還不少呢！可知我小時候的功課並不盡人意。

除了在外婆家，我的童年是很寂寞的。因為家裡經濟狀況不佳，有時連三餐吃飽都成問題，擁有玩伴，就像是擁有奢侈品。貧窮，像是揮之不去的夢魘，在我的成長過程中，如影隨形；自小的家境不好，和父親染上賭癮有關。父母因為家中經濟問題經常發生爭執，重重覆覆吵架的景像，至今仍烙印在我的心頭；年幼的我，即深深地感到屈辱、壓抑與不快樂。

有時，父親很多天沒有回家，我默默地禱告，要老天千萬不要讓父親死掉。一次，外頭下大雨，天色已黑，我聽到門口有一重擊聲，頓時驚嚇得以為是父親醉酒，倒在門口死了！童年時代，心靈的不安全感，影響到成人之後的我，夜深人靜時，我還會因為些許的聲響而被驚醒。在我小學六年級時，欠債成為家中每一個成員的凌遲，沒錢還債，父親卻常莫名其妙地就失去了蹤影。

二年搬八次家

孟母三遷，是為了讓孩子有更好的生活環境；我們家二年不到就搬了八次家，是因為經濟拮据，付不出房租，而被迫遷移。

欠人錢，母親的壓力很大，我們不敢面對朋友親戚，也常受到一些親戚的奚落。他們有時把氣出在我們三個孩子身上，讓我從小就體會人世間無從避免的冷酷無情。

那時，家裡有多少錢，就只能用多少錢，而每天的家用必須先分配好，過一天算一天，沒有辦法思考未來。那時，母親從阿姨在台北開的西裝店取西裝布料回到新店的家裡縫製，又到加工廠包工，自己滾布、裁邊。我們三個孩子幫著送、燙、敲邊，四人分工，像個小型的工廠，我記得自己常背著大布包到加工廠交貨呢！

小學畢業唸國一時，我們搬到台北，就在阿姨店面樓上租房子，因為這樣，媽媽可以就近幫阿姨的忙，省去了通勤之苦。我們住的地方很簡陋，與別家共用廚房，由於是別人出的押金，感覺上總低人一等。

在這個租來的地方，我與媽媽、兩個弟弟，四個人擠在侷促的小房間裡。母親加工衣服維持生計，常要做到三更半夜，因地方小，她在案板上裁衣服，我們就窩在案板下睡覺。雖然生活很苦，不過漸漸地，家裡能夠二個星期領一次錢，開始有了點儲蓄。

搬到台北的前兩年，我因為年紀太小，對家裡的經濟狀況使不出太多的力，心裡十分難過。自國中開始的每一年暑假，我就到電子工廠當女工、做裝配員，我學會在機器上鎖螺絲、組裝機器，天曉得，這些小技能後來在我到美國創業時都派上了用場。

我記得自己在那個時候，深深感受到母親的無力感，看她被生活重擔壓得透不過氣，覺得她好可憐，對我來說，世界上沒有比賺錢更重要的事了。但是，母親沒有這麼想。

母親有一位朋友，想到日本做管家，她設法說服母親跟她一道去。她對母親說：「做手工實在太辛苦了，將來到日本賺很多錢，可以把錢寄回給孩子。」可是母親堅持不肯，也毫不起心動念。她認為丈夫已賭得天昏地暗了，她再一走，孩子一定要丟給親戚幫忙照顧，這種事，她做不出來。

幾年後，媽媽到日本去發展的那位朋友，果真賺了不少錢，回台灣看望我們時，總是打扮得光鮮亮麗，但是她的孩子跟她距離很遠，而且分散各地。比較起來，我與兩個弟弟，就和母親非常親近，四個人像是生命共同體，緊緊地被綁在一起，家裡只要有一塊餅，四個人總是分著吃。

我升國三那一年，大弟培林升國二，正值青少年叛逆期，和鄰居的孩子時有爭執。因為有太多次居無定所痛苦不堪的經驗，母親想辦法不要再搬家，而家裡的經濟狀況，也不允許再次搬家了，母親怕培林得罪別人，不得已下，把他送到屏東叔叔嬸嬸的家中寄住。可是，培林一送走，母親就備覺辛酸，後悔不已地嚎啕大哭，半年後，母親排除萬難，不顧環境的艱難，又把培林接了回家。

還記得小弟應忠，在培林被送走後，十分想念他，問媽媽：「哥哥什麼時候回來啊？」母親會安慰他說：「暑假就會回家了！」之後應忠經常在二樓陽台引頸翹盼，盼能很快看到培林的身影⋯。現在想起來真是辛酸，經濟上的拮据，居然可以拆散一家人。

家庭式代工廠

我考上二女中夜間部的那一年，台灣成衣業非常發達，造就了許多家庭式的代工廠。母親的手工很細、很巧，常常到不同的加工廠包整批貨回家，有些欣賞她的工廠老闆，會把大量的貨安心交給她做。那段時間，家裡漸漸有了固定收入，情況最好的時候，媽媽還發包給鄰居做呢！往後的二、三年，母親做代工的情況很穩定，家裡日子好過很多，而且一直到我上大學，沒有再搬過家。

做家庭代工這段時間，除了父親外，我們全家總動員，大弟幫忙燙衣服，我與二弟協助車邊。培林的手工有母親的遺傳，工作很細心，褲子可以燙得很挺、線很直。到現在，培林在波士頓漂亮的家，都是由他親手設計裝潢的，他充分地享受到創作的樂趣。

培林國中畢業唸夜校，白天在味全公司送牛奶，因為做事認真、業績好，分銷處老闆在一個月後就升他做庫務，管理倉庫與送貨分派的工作。不過，他常常要在零下幾度的冷凍庫進出。唸國三的應忠，則會提著籃子裝一些牛奶到家裡附近的地方送牛奶。

我考上文化大學夜間部後，白天全職工作，大弟也加入生產行列後，家中的經濟壓力不再那麼大，我們把賺來的錢都全數交給母親。母親把部分的錢拿去跟會，家裡的經濟環境稍微改善了一些。

比起很多其他的同學，我的家境雖然清貧，但在學校，我的人緣還不錯，國中以後，交了不少好朋友。陳安琪是其中之一，她是富家女，可是常三天兩頭地跑到我家裡來，她喜歡媽媽做的綠豆稀飯、炒米粉和槓子頭。

十多年後，陳安琪在美國讀到一篇文章，描寫我從小家境窮困，她表示很不解。提起往事，我向這位沒有驕氣的大小姐解釋道：「有錢人家都買大餅吃，我們買不起大餅，只好吃槓子頭，因為槓子頭吃了容易填飽肚子。妳喜歡吃我們家的綠豆稀飯，因為你們家喝綠豆湯，都是綠豆，又放太多的糖。我們家的綠豆稀飯，比較起來，當然比較爽口。」

談到炒米粉，我的理論是：「妳家的米粉放太多的肉絲、干貝。我們客家人炒米粉，先泡溫水濾乾，放油、蔥、加少許肉絲，乾炒，用筷子攪拌，所以當然比較好吃囉！」

當時我們與人分租的地方，前面是別人家住的，所以不能從前門進入，必須從後面的防火巷進到屋內。一向走大門的陳安琪卻認為走防火巷「很刺激」，像是「探險」，並不感覺我們家很窮。經濟上雖然拮据，但那時，我們生活在希望中，精神生活也很富足；我想當時我和母親、弟弟們的親密關係，給安琪印象最深刻的，應該是一種溫馨和諧的感受。

第三章

展露銷售的潛能

勇敢面對問題的發生而不迴避，自此成為我行事做人的基本原則，我相信，天大的擔子總有辦法扛得起來，再苦的難關我總能闖得過去。

擺攤賣大英百科全書

戀愛風波

就讀大學三年級時，我找到台北一家升大學的補習班工作，做點名、改考卷的事，也幫忙散發招生廣告傳單。其間，我聽同事說：「補習班老板娘的乾兒子文森是一名花花公子，交過很多女朋友，常帶女友四處遊玩。」

在一般大學生享受優遊自在的青春年華時，對我來說，工作賺錢第一，生活圈很窄小。女孩子們七嘴八舌地說：「千萬不要跟文森這種人在一起，絕對不可靠的！」聽了這些話，我只是感到好奇，並沒有成見。

二十歲出頭的女孩子，就像含苞待放的蓓蕾，我吸引了文森的注意眼光，而文森的灑脱，也深深吸引著我。我們兩人交往不久，戀情很快地就在補習班內傳了開來。

就在我們熱戀時，有一天，老板娘的女兒、文森的乾姐，突然把我從補習班教室叫了出去，她劈頭就毫不留餘地地撂下狠話：「我們不希望妳跟文森交往，妳那一點配得上他？妳想繼續留在這裡工作的話，就馬上和他停止交往⋯⋯。」

過去我都以打零工賺錢，所以很珍惜補習班這份穩定的工作。不過此刻，內心面臨了很大的抉擇，儘管捨不得這份工作，但乾姐的一番話，像一把利刃刺進心頭，我感到自己人格被踐踏，她明白地就是嫌我家裡窮、瞧不起我，我的自尊心，一下子受到莫名的傷害。

無論如何，我不可能再待下去了，我淚流滿面回到辦公室收拾了東西，未提出辭職，就匆匆離去了。

比平常提早回到家裡，媽媽覺得很奇怪，看我悶悶不樂的樣子，輕聲地問我發生了什麼事，我的眼淚頓時如決堤般，對媽媽訴說了經過與內心的委屈。她安慰我說：「妳不去上班是對的，人家不希望你們交往，就代表不接受妳，繼續待下去，必定是妳自己受苦啊！」

當天晚上，不知道白天發生這麼一樁事的文森，打電話到家裡，當他知道經過後，非常惱怒，並與乾姐吵了一架。

但再回補習班工作，對我來說，萬萬不可能了。

失去工作的我，雖然表面上泰然自若，心裡卻是惶恐的，家中少了這一份薪水，總是要讓母親多操一份心。第二天我就馬不停蹄地拿著報紙上「事求人」的廣告，四處應徵工作去了。

第二份應徵的工作是在台北火車站附近的海國音樂教室，我記得負責人是一位很年輕的張小姐，人長得非常漂亮，我和她談得很投機，她告訴我音樂教室是她和兩個弟弟一起合作創辦的。他們姐弟三人分工合作，事業經營得非常順利。

當她知道我的家庭狀況以及急需工作的窘境後，馬上就告訴我：「我們需要的是一位能夠吃苦耐勞的櫃台小姐，我們挺投緣的，你沒有經驗，我可以教你，只要你不計較工作時數比較長，明天就來上班吧！」就這樣，我在離開前一份工作的第三天，就開始了音樂教室櫃台小姐的新工作。

我非常珍惜這份難得的工作經驗，原因是張小姐總是熱忱耐心地教導我，此外，她自己和兩個弟弟之間的合作關係，十分令我感動。這位做姐姐的，凡事都為弟弟打算，而做弟弟的，更是盡心盡力地為事業打拚。這一份姐弟親情，為他們的事業打下磐石般的基礎，我感受到骨肉親情的無比威力，可以在事業上能發揮強大的影響力。當時單純無知的我，卻無法想像，十幾年後在太平洋彼岸的新大陸，自己正是因為姐弟親情，將我自人生的谷底中解救出來。

我在海國工作的同時，文森在美加補習班補習GRE，準備出國留學。這段期間，我們兩人感情很好，我精神上有了支柱，文森答應我，出國絕對不會變心。在海國音樂教室工作不到半年，文森即取得美國南達柯達大學的入學許可。

文森出國以後，我們兩人保持著魚雁往返，從信中來函，我得知文森讀了一學期後，就轉到威斯康辛州的米瓦基就讀。可是在這次之後，卻很奇怪，有一整年的時間，文森不再給我寫信，儘管我思念得緊，也無從聯絡到他。

與文森斷了音訊後，我決定集中精神賺錢。過去因家裡沒錢，被人瞧不起，那種被貶低的感受，一直是我心中的痛，但是，也成為我力爭上游的動力。那一年我才剛年滿二十二歲，就開始產生強烈的慾望，往後的日子要賺很多很多的錢，要贏回自尊、證明自己不是那麼糟。

在海國音樂教室工作了一段時間之後，我發覺這個行業大有可為，一般的家長都希望培養孩子的音樂才能，不論是孩子本身有天賦，或者是父母望子成龍。在那段台灣經濟發展萌芽的時期，學習樂器成為一股時尚，並非是富有人家才能享有的「特權」。

那時，無論是吉他班、鋼琴班、古箏班等等，幾乎是班班客滿。一些所謂的名師，更是忙得四處兼差。我暗自盤算，這個生意事實上成本不大，基本開銷只是水電、房租，而其他的費用在開班授課時才需要支付，一旦開了班，便有學費收入，怎麼算，風險都不算大。

當時天真地以為，做生意很簡單，躍躍欲試。有一天，我和在會計師事務所工作的表姐閒聊，她說對當時工作感到倦勤，想另闖天下。我告訴她我對音樂教室這一行的觀察，她極有興趣，加上她手邊有一筆小積蓄，於是兩人一拍即合，決定出來一試身手。

我決定在台北市郊找店面，一來店租較便宜，二來競爭較少，後來在松山商職的對面找到一個非常合適的店面。當時松山地區正在開發，許多有錢的年輕夫婦在附近購屋置產，當時的店面就在學校對面，因地利之便，吸引了許多有意學習各種樂器的群眾，又因附近沒有任何類似的教學場所，因此開張之後，生意興隆得不得了，必須加開額外的班數，不過設備器材也需大量添購。

我和表姐原本就沒有足夠的資金，又缺乏融資的管道，很快就捉襟見肘、窘態畢露。資金的先天不足，加上缺少管理經驗的後天失調，註定了我的第一個創業大計，只是黃粱一夢。

我在關掉音樂教室以後，首要目標是找到一個可以固定上班、收入穩定的工作。我先去考華航空姐，因為不會游泳，而未被錄取。我也在海關工作過一段時間，因為收入不多，加上開音樂教室時，與鋼琴工廠建立了良好的關係，於是決定從事鋼琴推銷的工作。

賣鋼琴挨告

推銷鋼琴，一台可以淨賺三千至五千元，打從一開始，我就做得很認真、很開心。我的老闆在花蓮做音樂老師，原是三葉鋼琴（YAMAHA）的調音師，他自日本進口的鋼琴，名稱叫「YAMADA」，雖與「YAMAHA」差一個字，不過，價格只有三葉鋼琴的一半。

有一次，我把鋼琴順利地推銷給一位有錢的闊太太。鋼琴送到她家以後，她發現鋼琴印著「YAMADA」的字樣，頓時覺得上當受騙。她大發雷霆，打電話給我破口大罵，說我惡意欺詐，要我立刻賠她一台「YAMAHA」的鋼琴。

我沒想到會有這樣的意外發生，雖然想立即把錢退還給她，但是老闆已經把錢取走了，人又不肯出面，我完全無計可施。錢還不出來，只有挨告，雖然心裡害怕又覺得狼狽不堪，但躲也躲不了，後來被法院傳訊，只好硬著頭皮上法庭。

開庭那一天，我到了法院，見到法官時，緊張地整個心都快跳出來了。一開始，法官低頭看著文件，突然間，他抬頭問我：「妳是不是就是那位高中時在我家幫傭的女孩子？」

我嚇了一跳，仔細一瞧，這位法官大人，我真的認識他！

我考上北一女中夜校後，為了減輕家裡的負擔，第一個暑假，就替人幫傭，並住在主人家裡。每天清晨，我總是第一個起床，替主人準備早點，然後洗衣服、清理房子；到了星期六，才能回家渡周末。當同年齡的女孩子玩得不亦樂乎時，我生活的重心是幫人燒飯、做家事。

幾年不見，我也很驚訝，男主人還認得我。

他以關心的口吻問我：「妳現在在做什麼？」

我回答：「白天工讀，晚上在文化大學讀夜間部。」

他又陸續問了我一些生活上的細節，彷彿法庭上只有我們兩個人。

最後，他針對賣鋼琴的事，問了來龍去脈，以及有關 YAMADA 鋼琴工廠的細節。我對他解釋，自己工讀改善家計，絕無蓄意欺騙對方的企圖，而且強調，YAMADA 比三葉鋼琴價格便宜一半。

之後，法官問那位闊太太，她在向我購買鋼琴以前，是否看過公司的資料？當對方的回答是肯定時，法官隨即教訓了她一頓，怪她「浪費每一個人的時間」，甚至對她說：「妳既然已看過資料，還有什麼話好說？蔡小姐的年紀跟我女兒差不多大，她唸高中時就在我家幫傭，幫助家計，我女兒現在還不識愁滋味呢！妳何苦如此逼迫她？」當場，法官就把這件訴訟案撤銷了。

對於自己能夠逃脫這一關，我慶幸「遇到貴人」，並時時以「工作無貴賤」來激發自己。我想，當時在法官家打工，如果不是勤勉刻苦、盡心盡力，這位貴人也不可能對我印象深刻而適時助我一臂之力。勇敢面對問題的發生而不迴避，自此成為我行事做人的基本原則，我相信，天大的擔子總有辦法扛得起來，再苦的難關我總能闖得過去。

推銷百科全書

我對行銷最有興趣，因為喜歡與人打交道，重要的是，做買賣最能賺錢。法院風波之後，我繼續尋覓生財的管道。我在報紙上看到一則外商公司徵求推銷員賣百科全書的廣告，決定前往一試。

外商公司的名稱是殷實出版公司，我先用電話約好時間，再前往公司面談。面試我的人，是一個老美，他是業務總經理、名叫鮑勃。當他用英文問我話時，我每次在回答之前，總是先將他的問題重覆一遍，讓他覺得十分有趣。面談下來，鮑勃認為我有潛力，決定錄用我。

在填人事表格時，鮑勃問我：「妳的英文名字叫什麼？」

「我沒有英文名字。」

他卻靈機一動說：「You are an echo girl, we'll call you Echo from now on.」(妳是個迴聲女孩，從此我們就叫妳 Echo。)

從那一天開始，「Echo」成為我的英文名字。

賣百科全書沒有我想像中那麼容易，在殷實公司工作的那段時間，我常要揹著卅本書外加三本厚重的年鑑，挨家挨户推銷，體力負荷不輕。而真正對百科全書有興趣的，或用得到的人實在很少。

我在企業界苦無人脈，一開始，無法像一些資深的同事，可以利用關係，把整套書推銷到企業大亨的家中，或賣進大老闆的辦公室。但是我非常努力，在出擊前，我總是事先演練開場白：「你有沒有聽說過大英百科全書？這是最好的英文參考書。家裡有上大學的孩子最適合使用……。」然後在忠孝東路、敦化北路、仁愛路等高級住宅區，挨家挨户推銷價值約一萬七千五百元的百科全書。

一次，我在台北東區碰到年紀三十來歲的一名少婦，她的先生是留美學人，她在美國住過。因為百科全書內有世界風光的內容介紹，而且當時有很好的折扣，她一口氣買了兩套。光是沿門推銷，在短時間內，我就賣掉了十套。

到國際學舍、中央圖書館、市立圖書館、高雄文化中心等書展跑秀，也是我的主要工作項目之一。

一次，我在在台北工專旁圖書館舉辦的一次書展中，認識了中山大學西子灣復校後的第一任圖圖書館館長沈教授，沈教授遞了一張名片給我，表示中山大學要找圖書進口商，希望和我保持聯絡。

後來沈教授到殷實出版公司參觀，並向公司老闆要求，中山大學這筆生意一定要交給我來做，對初出茅廬的我來説，能接下這筆大生意，簡直太幸運了。

沈教授知道我是一名工讀生，家境並不好，他也像那位法官大人，感嘆自己年紀相仿的女兒仍不知天高地厚。這位沈教授後來還教我如何找資料、如何向美國大的出版商索取目錄、那些國外新聞圖書較有名、那些雜誌值得訂閱等等。

過去，我只知道賣三套不同名稱的百科全書，而現在，我在這方面的知識非常豐富，也因為透過沈教授的人脈，接下了中山圖書館、市立圖書館等的大筆生意。沈教授指點了我一條康莊大道，對自小缺少父愛的我來說，沈教授同時扮演了父親的角色，他教導我與呵護我，成為生命中的另一位貴人，這是我在社會大學中，收穫最多的一次經驗。

我因為在殷實上班，休學了一年，原本五年可以畢業的大學夜間部，拖延成六年。一九七九年到八一年底，我在殷實出版公司工作僅兩年多，因不斷自我要求與力求突破，成為公司業績最高的一員，並指導其他的銷售員突破業務。期間，我存下了二十多萬台幣，全數交給了母親。

我在一大學四年級時，母親存足了房子頭期款，在新店買了一棟預售屋，全家終於有了第一棟屬於自己的新房子，因家境已大大改善，媽媽、我和弟弟們生活在希望中，非常振奮快活。

聖誕夜的求婚電話

在殷實公司工作的這段時間，我斷斷續續又再收到文森自美國的來信，他在信中敘述轉學到米瓦基以後的留學生活。不過，距離稀釋了兩個人的愛情，信中不再有思念對方等的甜言蜜語，彼此像普通朋友般地交流著日常生活的瑣事。

一九八〇年的聖誕節，我參加在新店朋友家的聖誕舞會，回到家時，已是深更半夜，突然電話鈴響，我接了話筒，不敢相信，居然是文森從美國打來的電話⋯

「一紅，我已經已拿到學位，而且找到事了，我再也不必靠家裡供養。答應我，嫁給我，一紅。」這一通突然而來，很羅曼蒂克的求婚電話，讓我一下感動地哭了，我發現內心深處，對文森有著很深的感情，我答應嫁給他，兩人忘情又甜蜜地在電話中計畫著美好未來。

一九八一年底，我取得旅遊簽証準備前往美國新大陸，與文森會面。母親知道我決心嫁到老遠的美國，不捨多於祝福，由於家境與夫家相去太遠，母親又已與強勢的夫家見過面，極為擔心這門婚事，怕唯一的女兒離開身邊後會受更多的苦，每晚都在房裡暗自落淚。

我看在眼裡很不忍心，但過去的日子裡，缺乏應有的關愛與照顧，我覺得非常孤寂，渴望被保護。我認為，文森愛我，雖然家庭背景迥異，我堅信他是我一生的幸福，我有權去追求自己幸福的日子。

飛往美國的前一天晚上，父親剛好在家，母親對我使了一個眼色，要我去跟爸爸辭別。我拖拖拉拉走到了他的房裡，不帶感情地對他說：「爸，我明天一早就到美國去了。」

「出國後妳就要靠自己了，嫁到門不當户不對的夫家，妳是一定會受苦的……。」他以長輩的口吻教訓我，我不認為他知道什麼叫做「苦」，他那裡知道母親和我們姐弟三人，多年來吃了什麼樣的苦，所以年少氣盛的我脫口而出：「假使以後發生在我身上什麼不好的事，也都是你害的！」

一出口，氣得父親重重地打了我一巴掌。我痛在臉上，但拒絕哭泣，總算表達了自己長期積壓的鬱悶與痛苦。在這即將分別的一刻，應該是不捨與溫馨的，但我此時卻只有即將可以逃離的快感。我掉頭而去，這一巴掌，算是完成跟父親的正式道別了。

第四章

艱辛的移民歲月

從阿曼都身上，我看到了一個為家人全心付出的高貴靈魂，再多的困厄、痛苦，他都一肩扛起。這種血肉相連，為摯親摯愛毫無保留、伸出援手的親情，如同是我和自己家人的寫照，對阿曼都的作為，我能將心比心；對他的犧牲，我更是由衷地敬佩。

親身參與設計華森維爾新居

美國落腳的第一站——米瓦基

八〇年代初，在台灣辦理依親簽證比較困難，我是先以旅遊簽證到美國，前往威斯康辛州米瓦基市與文森會面，等到旅遊簽證到期後，返回台灣，繼續等待依親簽證，並又在殷實短暫工作了一段時間。一九八二年底，我終於取得依親簽證回到米瓦基市。

一九八二年七月，在沒有婚紗、沒有隆重的婚禮、也沒有親友的祝福下，我與文森在法院完成了簡單的結婚手續，嫁為人婦。那一年，我剛滿二十五歲。

在威斯康辛州米瓦基市的小鎮裡，很少見到中國人，一切都很新鮮。我到麥當勞買漢堡，常常覺得有人在「偷看」我，渾身不自在。

到一個新的國家，一切要重新學起、重新適應。有兩件事對我來說最為急迫：第一、學開車；第二、學英文。

我一去就打聽到，米瓦基的成人學校為新移民開英文課，而且學英文的以柬埔寨人居多。我到成人學校讀書，在那裡交到很多柬埔寨朋友，他們的家庭觀念跟中國人很像，彼此關係密切，像舉辦一場婚禮，整個社區都會參加。我常去參加柬埔寨人的各式活動，因為這樣，可以略解鄉愁。

我注意到，柬埔寨人很團結，不管大小事彼此都緊密聯繫，很有組織與力量，他們日久凝聚聲望，受當地人尊敬。柬埔寨移民的團結，對我一直有很大的影響，我充分體會，移民必須參與和投入美國主流社會，才能得到本地人的尊重與瞭解。

住在公寓的那幾年，我與隔壁鄰居從來沒有打過招呼，主要是因為自己英語能力不足，見到美國人常「有口難言」。但是在成人學校，深覺與柬埔寨人同是流落在外的異鄉人，即使語言溝通仍有障礙，但是之間沒有任何功利存在，交往很單純，即便後來沒有再聯絡，但是這段友誼很深刻。

為了賺錢，抵達米瓦基沒多久，我在一家日本餐館做女服務生，我發現，美國的餐館跟台灣有很大的不同，早期的台灣，沒有消費者服務第一的觀念，客人到餐館吃飯，服務生把他要的東西端給他，基本上就完成任務了。但是在美國的餐館，我學到，如果比較懂得客人的喜好，態度親切，和他們聊兩句，主動將餐館提供的餐點做適當的介紹，就是提供了更好的服務，小費就一定可以多賺一點。做生意最重要的是提供優質的服務，從那時起，這樣的觀念，就在我的腦海中根深蒂固。

跳蚤市場人生百態

一九八四年，我與文森為了尋求更好的發展，從威斯康辛州搬到洛杉磯。文森在洛杉磯一家美國公司上班時，我則在當地的跳蚤市場擺地攤。

八〇年代初期，很多人為了提供孩子更好的教育環境，從台灣移民到美國，洛杉磯成為台灣移民最集中的城市之一。英文講不好，缺乏一技之長的人，很多都是靠在跳蚤市場擺地攤過日子。

在跳蚤市場，每天起碼有上千個小攤販，百分之三十至四十擺攤的人都是來自台灣的移民。他們通常開小貨車，帶一點貨，搭一個帳蓬，就賣起東西來，但別小看他們，其中有不少人靠擺地攤供小孩子唸完大學呢！經濟條件比較好的人，作批發商，在冷氣間裡面做買賣，生活比較苦的，則從最低層的擺攤開始做起。

我賣過的東西五花八門，像嬰孩的手推車、玩具、日用品等不一而是。因為在台灣已有一些銷售的經驗，我注意到，跳蚤市場批發商都是台灣來的大盤商，因為貨源都被有限的大盤商壟斷，經銷商在進貨的時候，沒有太多的選擇，一窩風進同樣的貨。整個跳蚤市場，幾乎都是賣大同小異的東西，造成彼此惡性競爭。

在跳蚤市場擺攤時，我常在想，其實有很多方法，可以讓大家賺更多的錢。賣同樣的貨品，賣方只有把賣價降低求售，大家的利潤就越變越少。我曾建議大盤商，何不進口一些不同的貨品，批發給不同的經銷商，如此一來，消費者便無法在經銷商之間找到矛盾而拼命殺價，可惜那時大盤商沒有人願意聽我的建議。

當時的我，雖然不懂得太多做生意的大道理，但是眼看這樣的鷸蚌相爭、搬石頭砸自己的腳的事，不斷地在自己的同胞身上重演，心裡有很深的感觸。

經營7-11便利商店

在洛杉磯短暫待了一年，文森的一位朋友在北加州生意上發展得不錯，他在聖荷西有一個 7-11 便利商店需要有人管理，請文森去做。一九八五年底，文森辭掉了原本就不太感興趣的工作，我隨著他搬到北加州的聖荷西市。有一年多的時間，我們夫妻倆都在便利商店做事，輪流在不同的時段照顧店面，兩人拿的都是最低工資，過著很辛苦的生活。

後來，我們積蓄了一些錢，決定自己申請作分店的老闆，在聖荷西以南的華森維爾市（Watsonville）的墨西哥城，順利申請到經營便利商店的許可。

在獨立經營便利商店以前，我們必須接受總公司在聖地牙哥的專業訓練。在這二個禮拜的課程中，我學到很多銷售的方法與有用的經營技巧，像在貨架上擺貨的時候，要注意貨品的保鮮期。比如說，消費者開冰箱時，會先接觸右邊的門，通常最常被取走的，是右邊的貨品，所以保鮮期快到的物品，要放在右邊，讓貨品可以在「壽命」到期以前，順利銷售出去。又如公司的促銷活動產品若是一打 Budwiser 的啤酒，就要將它放在顧客會經過兩次的地方，通常是在收銀員的對面，最容易看得見的地方。

兩周的正規訓練，對我來說太有幫助了，接觸到美國正規做生意的方法，開始建立了信心。便利商店開張後，鈔票滾滾而來，我發現自己的確有一些做生意的潛能與耐性。

華森維爾市是以農產為主的城市，生產草莓、蘋果等，很多墨西哥人在農忙的季節從墨西哥來工作，農歇的季節又回墨西哥過冬。他們很質樸，任勞任怨，而且日以繼夜、不眠不休地工作，賺取工資。他們對家庭的向心力極強，賺到的錢，全部都帶回家，讓家人過更好的生活。從他們身上，也投射出我自己的家庭狀況，母親和弟弟們也為了家，分分秒秒工作的情景。

經營便利商店，雖然賺錢，但有很多傷腦筋的事，二十四小時營業的店面，很難控制員工上班的情緒，任何時間員工打電話說：「我今天無法上班！」我和文森就必須趕快去接班，而經常，打電話請假的人，多是值夜班的。

我也碰過橫行霸道的墨西哥人，兩次在大半夜時，曾被人用槍指著搶劫。我的保命方法是：為了自身的性命安全，碰到搶匪的時候，第一件事，千萬不要正視歹徒，因為搶匪最怕人家認出他的面貌，可能因此開槍；第二，就是聽搶匪的指令，他命令你去做的事，趕快去做，越快越好，千萬不要猶豫。因為對方要的是錢，最好趕快把錢櫃打開，把全部的錢統統翻出來給他。

還有一次，三更半夜，有一名醉鬼拿了弓箭，射到我們商店的大招牌上，最初聽到巨響，我以為是槍聲，立刻撲倒在地，過了老半天沒動靜，我出門一看，發現是一支大弓劍把整個招牌都射穿了，景像驚人。除了這些稀奇古怪的事，店裡的貨品或銀櫃裡的錢被偷，也經常發生。

經營便利商店這段期間，我僱用了幾個墨西哥孩子幫忙做事，我對他們的印象很深刻。

一個叫福來德的墨西哥小孩，大約十五、六歲，是家中七、八個孩子中的長子，他很乖，清晨三、四點就起床，跟媽媽去草莓田工作，早上六點多結束後，就到店裡買早點，吃完後去上學。

我總是用店裡員工專用的大型杯子，倒一大杯他最喜歡的熱巧克力給他，而他從來不捨得自己獨享，每一次都小心翼翼地端回家，我相信，他一定是帶回去和家人共享。我的腦海裡不由想起培林在味全公司工作時，在零下幾度的倉庫工作了一天之後，將分得的幾瓶牛奶帶回家和我們分享的情景。

福來德的爸爸在他幼年時就不知去向，將一大群孩子留給一個瘦弱的妻子，福來德身為長子特別懂事，下了課總來店裡找點零工做。有一天，他的弟弟和另外幾個小孩搭便車去山裡工作，卻不幸掉進山谷，當場就摔死了，他的媽媽為此傷心地哭得昏了過去，眼看這個被命運捉弄的家庭，得靠一個柔弱的母親撐下去，幾個夜晚，我都睡不好，感到很鼻酸。

另外有一個名叫阿圖洛的小孩，樣子呆呆土土的，反應特別慢，總是一個口令才有一個動作，有時我還得懷疑他到底懂不懂我的意思？我總是要反覆檢查他的工作才放心。沒想到十年後，他卻搖身一變，成為心理學教授，特地到聖荷西來看我，我見他戴著眼鏡、斯斯文文的模樣，還真覺得「人不可貌相」呢！

阿曼都是另外一個很乖的孩子，他從十七歲開始，就在我的店裡做搬運工人，當時他只是一名高中生，我到聖荷西加入弟弟的電腦公司後，他進入市立學院讀書，畢業後，因我們的電腦公司生意蒸蒸日上，我把他請來做經理。一幌就是十二年，他也三十多歲了。

阿曼都也是家中的長子，很有家庭觀念，但像是命中註定，他無緣享受天倫之樂。他的爸爸是酒鬼，拋棄家庭，媽媽含辛茹苦養育三個兒子、兩個女兒。他的媽媽後來得了癌症死了，阿曼都代父職、又代母職，照顧四個弟弟妹妹。

他的其中一個妹妹愛上了一名死刑犯，還結了婚，生了一個孩子。由於妹夫長年關在監獄，阿曼都還幫妹妹扶養孩子。他的一個弟弟是同性戀者，在美國沒有發展，因此回到墨西哥，卻遭人毆打，差點把命都送掉了，後來，阿曼都把弟弟接回美國，至今仍然照顧著他。

阿曼都心地善良，但自己的婚姻很不幸福。他自墨西哥娶了一個太太回美國，因為他覺得娶同文同種的人當老婆比較「安全」。一開始兩人的日子頗平順，但幾年後，太太經常抱怨：「為什麼你賺的錢，老是要分給你的弟弟妹妹呢？」之後，每天跟他鬧彆扭。

一九九六年，HiQ 進軍丹佛開分公司，我把阿曼都調去做分行經理，夫妻二人在丹佛住了一年多後，太太不習慣丹佛單調的生活，有一天，居然帶著小孩跑了。阿曼都為了挽回家庭與婚姻，告訴我不能再繼續工作了。

之後，阿曼都追到聖地牙哥找太太，整整六個月沒做事。一天，他主動與我聯絡，我在電話中勸他說：「婚姻既不能挽回，也沒辦法勉強呀！你總不能把自己的事業一起賠進去吧！」他聽了，決定聽我的話，回到我們桑尼維爾總公司上班。

從阿曼都身上，我看到了一個為家人全心付出的高貴靈魂，再多的困厄、痛苦，他都一肩扛起。這種血肉相連，為摯親摯愛毫無保留、伸出援手的親情，如同是我和自己家人的寫照，對阿曼都的作為，我能將心比心；對他的犧牲，我更是由衷地敬佩。

接近死神

經營華森維爾的便利商店，我與文森早晚辛勤工作了一年多，為了省稅，兩人買了一塊地，想蓋一棟夢想中的房子，文森還參與了一磚一瓦的設計。原本兩人可以共築一個幸福的窩，可是，房子蓋好以後，搬進去不到一個月，就發生了許多料想不到的爭執。

當時，在華森維爾市的小鎮，只有兩户中國人，我認識了另外一户開餐館的中國家庭；他們夫婦在台灣的背景很好，工作都位居要職，屬於社會名流；可是到了美國，從零開始，同樣遭到新移民嚴峻的挑戰。

我與餐館的女主人經常約在星期一一起喝咖啡、到海邊散心；她不敢在高速公路上開車，我帶她開上路，久而久之，兩人成為好朋友。一次，她談到，自己在餐館帶位，先生在廚房打雜，可是，先生成天怨天尤人，覺得自己大材小用；下了工，就和廚師們以賭和酒精麻痺自己。說到無奈處，她的面容露出苦澀的笑容。

我倆同病相憐，互相勉勵，既然已在美國定居，必須把英文講好，因此萌生進修的念頭，約好一同到附近教英文的學校去上課，後來因家庭的種種阻礙，不能如願以償，但這份難得的友誼，在那段沙漠般荒蕪的生活中，帶來點點綠洲。

我原本想生孩子，一直不敢生，因為沒有充分的安全感，文森卻說：「生就生，妳看墨西哥人的孩子靠救濟金，不都過得好好的，一個個都長大了嗎？」對他的輕率態度，我很不以為然。

冰凍三尺，非一日之寒。我和文森許多生活上的小事，因意見不合與口角，加在一起，像滾雪球一樣，問題愈來愈大，愈發不可收拾。我的情緒壞透了，心情也一天比一天沉重。夫家的人當時和我們住在一起，我愈來愈覺得孤掌難鳴，可是，奇怪的是，被孤立久了以後，卻也有一番想不到的改變，我心理上反而比較獨立了，我體認出生意是兩個人一起做的，不是誰給誰的恩賜，對文森的崇拜感也逐漸消失了。在華森維爾的四年，夫妻兩人在心靈上漸行漸遠，而我卻撿回很多的自信心。

我在取得公民權後，申請母親到美國。她抵美後，想替我做三十歲的生日，三十歲對台灣人來說是一件大事，但文森認為不值得大驚小怪，堅持不肯為我做生日，母親嘴裡沒說什麼，但心理很難過，來美國二星期不到就整裝返台了。母親乘興而來，卻敗興而歸，讓我十分內疚。

那段時間，培林結束在台灣的電腦工作，也到美國想和我學做生意，他在便利商店做了一個多月後，突然對我表示：「我有朋友在聖荷西開電腦公司，我準備去那邊上班。」

我覺得很奇怪，培林原本就不想再做電腦生意才來美國，為何又改變初衷？雖然個性厚道的培林沒有多說一個字，但我感受到他不願影響我的家庭，後來我也才瞭解，原來夫家怕僧多粥少，容不下再多一個人……。

那天晚上，我深覺精神壓力已經到了瓶頸，一個家沒有溫暖，卻只有無止境的爭吵與衝突，頓時，我覺得活著太痛苦、太沒有意義了，想尋求立即的解脫。

在便利商店的辦公室內，我愈想愈傷心，隨即取了身邊整罐安眠藥吞了下肚，並打電話給大弟，交待後事⋯⋯。

培林一接到電話，查覺我講話很不對勁，立刻從聖荷西飛車趕到華森維爾。我把自己反鎖在辦公室內，他到了店裡，一腳把門踢開，隨即打電話給九一一叫救護車，把已昏迷的我送到醫院，進行灌腸。因為是自殺案例，在灌腸後，醫院把我送往精神病部門，找來一名精神科醫生與我對話，確定我情緒安穩，才讓我回家。在精神部門住了一個晚上，我目睹了許多精神失常的病患，心想：人世間真是苦多於樂？難道我就真的甘心，這樣終此一生嗎？

第二天，院方讓弟弟跟我説話，培林一向不隨便出意見，但他看我很苦，無路可走，勸我説：「妳一定要想想自己的將來，考慮下一步該怎麼走，再這樣下去不行的。」文森也到醫院去看我，但未發一語。但婆婆卻對我説：「妳不要這樣尋死尋活的，讓活的人難過。」我實在無力辯駁，但深覺，與文森的這段夫妻緣，可能已經到了盡頭⋯⋯。

自以為萬念俱灰可以尋求永遠的解脫，如今回想起來，那條路終究只能讓親者痛、仇者快，被外人視為精神錯亂的不歸路罷了！

第五章

走上創業之路

經歷許多不愉快的事情後，我體會到，面對人生，其實不一定什麼都要爭。過去，面對不公平的事，我一定會力爭到底，生命對我來說，不黑即白；可是，現在我覺得，人生有很多灰色地帶，可以用智慧化解衝突，用慈悲來判斷是非，這樣，可以避免不必要的紛爭與煩惱。

成功的白人企業家迪摩與蔡一紅攝於HiQ波士頓的辦公室

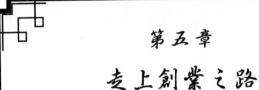

跑秀擺攤賣電腦

出了醫院後，培林在聖荷西市的家成了我的臨時庇護所，我就在附近開始找工作。我想到繼續做便利商店，但沒有資金，不敢妄想自己能再東山再起，所以，只盼望能在其他便利商店做一名收銀員。

做過便利商店分銷店的老闆，我非常瞭解整個生意的流程，店裡都是現金交易，很容易做假帳，找了幾家面談，沒有人願意或敢僱用我。

後來，我翻閱當地的中文報紙，發現廣告版「事求人」欄中，電腦公司找人的廣告最多、也最大。其中有一個電腦公司想拓展新的辦公室，徵求各方面的人才。廣告中這麼寫著：「應徵者不需要有電腦方面的經驗，公司提供完整訓練。」

我想了一想，身在矽谷，電腦業看起來像是最有前途的一條路，很值得去試，並下定決心，讓自己重新學起。我前往應徵，這家電腦公司規模龐大，讓我印象深刻。走進大廳說明來意後，接待員叫我坐在沙發上等。

沒多久，一名西裝筆挺的中國男子走過來，自我介紹是該公司的經理。他帶我到他的辦公室內，問我有沒有做推銷員的背景與經驗，我自認對銷售再內行不過了，滔滔不絕自我推薦了一番，覺得還蠻有信心的。

這名經理看來也甚為滿意，他從抽屜裡掏出了一支筆和一張紙，叫我當場以英文寫一篇簡單的自傳。

我怎麼也沒想到他會來這麼一招，當場傻眼了，既然無法隱瞞自己蹩腳的英文，只好說實話：「我…我沒有辦法用英文寫自傳。」

這位經理一聽，對我的回答很驚訝，然後用瞧不起的口吻說：「你連英文自傳都不會寫，還敢出來找工作？」

碰了一鼻子灰後，我到培林的電腦店裡去，向他打聽那家面試的公司和這名經理，我覺得被他貶低，心裡好難過。弟弟的徐姓合夥人在旁聽到了我與培林的對話，他說：「我知道那個人，那個人本來就是這樣，妳不需要放在心上。」接著問我：「妳現在找事啊？妳何不來我們這邊工作，我們現在也需要人啊！」

就這樣的因緣際會，我當天就在他們的公司上班。他們做零售，直接賣給客戶，其中百分之八十都是講英文的老美，我負責接聽電話、接訂單，三個人就這樣一點一滴擴展業務。

八〇年初的矽谷，有不少台灣人在美國設立、規模較大的分公司，像我去面試的這家公司，喜歡用有雙語能力的台灣移民；另外有一票資金有限的人，生財之道就是以打游擊方式，專門以跑秀的方式賣電腦，與大公司拼價。培林與朋友合組的公司屬於後者，他們先在車房裡裝電腦，然後搬到電腦秀裡頭去賣，他們在庫比蒂諾市的迪安薩大道上租了一個店面，公司名稱叫HQ。

一開始，我因為對電腦及周邊零件都不懂，當聽到陌生的電腦產品名稱，我全部用注音符號記下來。像客人要「floppy」時，我就在紙上寫著：「ㄈㄨˊ ㄌㄨㄛ ㄆㄧˇ」。

為了對電腦能有多一點的認識，我到附近的迪安薩學院（De Anza College）修電腦課程。第一堂課，老師開宗明義地說：「第一件事，我要讓你們知道，電腦一點都不可怕，電腦這個東西沒有人去操縱的話，它就是死的東西。你們絕對比電腦更聰明，因為電腦需要靠人去操作才有功能。」這一番鼓勵的話，減低我對電腦的畏懼感，也給了我不少的信心。

就這樣，我白天在弟弟店裡幫忙接電話、裝電腦，晚上到學校上課，周末跟著去跑電腦秀，什麼地方可以賺錢，我們就往那裡鑽。

因資金很有限，培林與徐姓朋友做生意的方法是，先把三樣基本配備——主板機、機箱、磁碟機先買進，再根據客户的需要，裝上大小不同的硬碟、視頻卡、數據機等賣出去。

電腦秀在舊金山灣區各處都有，跑秀買賣的人多會根據兩份電腦雜誌——「Computer Current」與「Micro Time」，得知辦秀的地點。賣電腦的人可以租一張或兩張台子，不同的秀場地點收取不同的價錢，越靠大門，「風水」越好，價錢就比較貴。

每個周末天未亮，我就要起一個早跟著搬貨，清晨七點鐘必須抵達秀場的攤位，將帶去的電腦展示品、訂價單，整齊排列在桌上，先做好準備工作。

九點鐘秀場一開門，就會有大量對電腦有興趣的人上門「尋寶」。我在攤位的前頭招呼客人，客人有買的意願時，我會先給一個價錢，多數客人會討價還價，像五百二十元的東西，他們會設法殺到四百五十元。等客人對價錢滿意，付了錢後，我會請他一個小時後來取。培林接到我遞給他的訂單，就會馬上在攤位後面組裝機器。當客人返回後，培林會在他面前做測試，確定機器沒問題，客人把機器一抱走，就算交易完成。

有時，碰到客人需要的東西，當場沒有，我就會酌收定金，在一星期內裝好機器，寄去或直接送貨給客人。在那時候，一場秀跑下來，去掉油錢，可以淨賺三、五百美金，我們相當滿意。

當時跑秀的人多半賣的是便宜貨，就好像在跳蚤市場，賣完了就算，買東西的人也有心理準備，銀貨兩訖以後，回頭別想再找到賣主。但培林的想法不同，他認為做生意「信用第一」，而且應該提供售後服務，賣掉電腦和相關產品後，一定留公司的電話、地址給客人，在同行中建立起不錯的口碑。

剛開始跑秀時，我們用一個小貨車裝滿了貨，每天最大的願望，就是把車裡貨全賣掉，沒有剩貨，空車回家，有錢繼續周轉，心理就很踏實。雖然只有三個人的力量，但我們每一個人都發揮了長處。我比較喜歡銷售，能與客人保持良好的溝通；培林是最佳電腦技術員，很快可以解決客人的電腦難題，徐姓合夥人與業界熟悉，可以拿到低價錢，所以那時跑秀，雖然辛苦，但一直很順利。當時幾乎是有生意就做，工作時間很長，早上八、九點鐘上班，做到晚上十點、十一點才休息。

跑電腦秀的客人大半可分成兩種，一種是專門撿便宜貨的，另一種則是懂電腦的人。我們的電腦價格比起大公司像 IBM、康百克等便宜七成左右，雖然是差不多的東西，像 IBM 相容電腦都是由台灣代工的，雖然價格貴，但也是台灣貨。不過就因為我們的不是名牌，就被當成次級品。我們希望遇到的客人是真懂電腦的人，因為了解價值的人可以和他們講內行話，可以建立長期的生意往來，與提供他們更進一步的服務。

那時我們也接下一些中盤商，做他們的下游代工，幫他們組裝機器，賺取很微薄的代工費。跑秀時，我們也吸引到一些外地的小批發商，會跟我們訂貨再轉賣，慢慢地，公司有了固定的客户群，資金愈來愈充分。

做生意，不可能百分之百順利。有一次，有一名白人客户到秀場向我們買了一套電腦，表示要在家中使用。秀場結束後，我們回家卸貨時，我接到這名白人的電話，從話筒中傳來一陣叫罵聲：「你們賣了一堆垃圾給我，根本不能用，我要你們賠錢給我：。」培林接下電話，一談之下，肯定是對方電腦軟體出了問題，但這位客人怎麼都不願意聽解釋，堅持我們一定要把錢退還給他。

培林決定當晚前往這位白人住的地方，幫他檢查機器，不能運作的話，頂多就把錢還給對方，把電腦搬回家。這位白人住在半月灣的山路，住宅難找極了，培林摸到他家時，已經是午夜十一時。他弄到三更半夜，當場證明賣出去的機器不是「垃圾」，對方後來覺得不好意思，當場和培林表示歉意與謝意。

後來我們得知這位白人是矽谷規模相當大的 Radionics 防盜系統公司的總裁，因為這一起事件，該公司在更新一百五十台電腦時，決定交由我們來做，雖然他們公司內部有反對聲，排斥用「非名牌」的電腦，但這位白人主管很信任與欣賞培林的精神，獨排眾議，讓我們負責電腦更新的計畫。「塞翁失馬、焉知非福」，這成為我們當時接到的最大一筆生意。

也因為這次的經驗，我們體認到，一台一台辛苦地去銷售電腦，遠不如接公司大批的生意，並且可以做售後服務，發展更多的業務空間。由於信用與口碑慢慢建立起來，之後又以大公司做為營業目標，我們生意越做越好。一九九九年，我們從庫比蒂諾市的地點搬到桑尼維爾市較大的辦公室，並增加了三名員工。

無法挽回的婚姻

在我辛苦創業的初期，家裡起了很大的爭執，夫妻關係惡化到無可挽回的地步。我在自殺事件發生後，就沒有再回到華森維爾的家，後來，文森到聖荷西找我回家，希望能重修舊好，而我也真心相信我們能重新開始。

我與文森在聖荷西租了一個房子，兩人繼續住在一起，他通車回華森維爾的店上班。可是，當他心情不好，通車累時，兩人又開始吵架，他怪我，因為我的一意孤行，讓他左右為難。我無奈地說：「我什麼都還給你了，我什麼都不要了，你還要我怎麼樣？」

兩人漸漸地無話可說，可是，這段期間，我意外地發現自己懷孕了，我向母親訴說夫妻之間感情上的不和諧時，母親說：「以前妳沒有孩子，我同意妳離婚，現在有了孩子，就不要再談離婚了。」

那時，文森不想再繼續做便利商店，把店讓給了他的二哥做，我們夫妻兩人用幾萬元轉讓金，在聖荷西買了一個小房子。

一九八〇年初，電腦業蓬勃，培林的公司生意有很大的起色，他們重組公司，培林與徐姓合夥人各持百分之三十的股份，我與合夥人的姐姐則各持百分之二十的股份，公司從 HQ 更名為 HiQ。

一日，文森對我說：「我要去唸博士，以後好找事情。」我立刻接口道：「這樣吧，你搬回去跟你母親住，我母親可以跟我住，將來她可以幫我照顧孩子，我供應你唸博士。」文森認為我瞧不起他，認為這樣的說辭是在下逐客令，當天晚上就搬出去了。

懷孕期間，我的精神狀態緊繃，加上水腫，一度讓我體重高達一百九十五磅。一九九〇年四月二日，我在聖荷西市歐康諾醫院產下女兒，文森又回家住了幾個星期。我要照顧女兒，又要工作，覺得很疲累，原本應該回學校唸博士的文森卻跟人說：「她累，是因為她的虛榮心啊，她想住大房子、開好車、賺更多的錢，她大可不那麼累啊！」孩子順利產下，但我們的價值觀與生活習慣，已完全背道而馳。

公司業務開始蒸蒸日上時，孩子剛生下來要照顧，我又要負責公司的銷售部門，到了疲於奔命的地步。為了減輕過度的疲累，我找了一名二十四小時看顧的墨西哥褓姆，平常孩子住在褓姆家，每個星期四晚上，我再把孩子接回家。送出去不到兩個月，我聽到別人小孩被虐待的故事，朋友勸我找時間去抽檢看看。一天，下午三時左右，我藉口拿毯子給女兒，到褓姆家時，發現他們一家人都在游泳池中嬉水，我的女兒卻光著上身，只包著尿片，在屋內餐桌中間嚎哭，我傷心地抱起女兒掉頭便走，一路上哭著回家。

回家後，我打電話給台灣的母親，請求她到美國來幫忙照顧女兒。女兒四個半月的時候，我與文森達成分居協議，孩子主要由我照顧，但每星期四下午六時半他可以來接孩子，星期六下午六點半，再把孩子送回家。

有一段時間，公司業務特別忙碌，每天我都工作到晚上八、九點才下班，那時也有兩名堂弟從台灣到美國來幫忙。我養成一個習慣，每到星期四下午六時半，就會打電話回家問母親，丈夫是否把孩子接走了。

一天，按往例打電話回家，鈴響了半天沒人接。我覺得不對勁，心裡很慌，跟其中一名堂弟說：「你回去幫我看一下。」

晚上七時多，堂弟打電話回公司說：「你們快點回來，阿嬸被打了！」

我一聽，嚇得一身冷汗，一路上開車全身發抖。

回到家，看到母親癱坐在沙發上，背、手臂、膝蓋都是青腫瘀紫，家裡的電話線被拔掉了。母親含淚說：「我沒有辦法打電話給你們⋯⋯。」

培林趕到後，火冒三丈，立刻衝到前夫家去敲門，不開門就踢門，可是，他們把門鎖得緊緊地，不敢應門，鄰居目睹此景，打電話報警。警車很快就到了，警察不顧原委，當場勒令氣憤的培林立刻離開。

我當晚帶著母親到醫院急診室療傷，回家後，我哭紅著雙眼，跪在母親的跟前，深深地向她致歉。

母親扶我起來，連連說：「傻孩子，這不是妳的錯，這不是妳的錯⋯。」

「這怎麼不是我的錯呢？我嫁給這種人⋯。」我泣不成聲不解地說：「為什麼會發生這種事呢？」

母親說，當天文森去接才六個多月大的女兒時，她一直哭個不停，老人家心疼孫女，告訴他說：「你就不要帶她走吧，她像是不想去的樣子⋯。」文森一聽，非常生氣，動手奪去母親抱在手中的孫女。爭奪中，母親受了傷，文森把孩子抱出去時，母親擔心他從此不把孩子送回家，心急下，試圖去拉車子，又被拖傷。

第二天，文森就把孩子送回來，但否認他打傷或踢傷媽媽，之後，我聘請律師取得法院禁制令，讓他不能再接近我的家人，避免再造成傷害，我同時請律師申請離婚。

一直以來，我覺得離婚是很丟臉的事，儘管兩人已沒有感情，並沒有真正想過要離婚，但母親受傷這件事不能被原諒，覆水難收，夫妻姻緣已盡。

我們兩人都花了幾萬元打了幾個月的官司，最後決定庭外和解。正式離婚後，我取得孩子的監護權，文森在假期與周末可以探望孩子。可是女兒在三歲以前，做爸爸的沒有再出現過。

女兒三歲時，突然有一天，文森打電話給我說，想要探望孩子。當時我心中交戰很久，心想：「你夠資格做父親嗎？」但後來認為女兒需要一個爸爸，不應該斷絕父女之間的關係。

前夫斷斷續續來看過女兒，不過，從來沒有一個固定的時間，為了女兒著想，我主動打電話給他，表示女兒漸漸大了，盼他能夠騰出一個固定時間看孩子。但文森冷冷地說：「如果妳認為有什麼人適合可以做她爸爸的，請便。」言下之意，當初是我提出離婚的，現在有問題自己去解決吧！

我記得離婚後的一天，母親帶我到天主教堂望彌撒。我聽見神父說：「上帝造人，是用男人的肋骨造女人，兩人一體。」我聽了，為自己不圓滿的婚姻，傷心地淚水如注。

創業面臨的各種挑戰

雖然婚姻失敗，但事業在此時卻是越做越好，我集中精神在工作上。我不是來自於做生意的家庭，一開始，都是自己埋首工作，不懂得一個錢當三個錢用的道理。我的做法很保守，銀行存款多，但不懂得靈活運用資金，沒有購買自己的辦公室，反而每月付很多的租金。現在想想，若自己有正規的管理訓練，做生意的格局可能就更大了。

做生意的人，過程中都會碰到各式各樣的麻煩與挑戰，我也不例外。例如，我曾聘請一名不會說英文的司機，他認為自己拿的錢比技術人員少而不滿，一些同行的朋友告訴我，不能跟公司成長的員工，老早就被他們解聘了，可是我往往下不了手。

我也碰過偷東西，把公司電腦走私到外面販賣的員工。檢察官那邊已掌握我們提供的證據，但這名員工後來打電話要我放他一條生路，一方面卻又威脅說：「別忘了，我是光腳的，妳是穿鞋的。」意指事情若發展得很醜陋時，他也「沒有什麼可以損失的」。我受到威脅後很惱怒，告訴他：「你一條命，我也是一條命。」隨即就掛斷電話，從此，我就再也沒有見到此人。

還有一個客人買了三百元的硬碟壞掉了，過了一年保證期，他卻跑到小額法庭告我們，我清晨三點鐘起床，開了幾個鐘頭的車到佛萊斯諾的法庭，法官卻同情消費者，要我負責修好賠償他。也有一個客人買電腦搬回家，五個月因軟體不相容，責怪我們電腦故障，要求退貨，好在法官懂得電腦，斥回那個人的訴訟。

經歷許多不愉快的事情後，我體會到，面對人生，其實不一定什麼都要爭。過去，面對不公平的事，我一定會力爭到底，生命對我來說，不黑即白；可是，現在我覺得，人生有很多灰色地帶，可以用智慧化解衝突，用慈悲來判斷是非，這樣，可以避免不必要的紛爭與煩惱。

第六章

堅持的勇氣

我養成了一個習慣，不論發生什麼天大的事情，壓力再重，一定保持冷靜，先想解決問題之道，慎重思考下一步該怎麼走，而不是自怨自艾、顧影自憐，浪費時間在沒有建設性的埋怨裡，或是期待能夠扭轉乾坤的奇蹟出現。

回台領「海外華人第五屆創業青年楷模」獎與前總統李登輝合影

單行道上

一九九二年，因為做生意的對象主要針對學區以及政府機構，我決定在加州首府沙加緬度設立分公司。大約有一個月的時間，我必須每天往返公司總部與分公司之間，親自參與分公司初創時的大小事務。曾經有幾次，我覺得自己撐不下去了，彷彿看不到奮鬥的目標，更沒有往下堅持的勇氣。

一天夜裡，大約十點鐘左右，我自沙加緬度開車回家的路上，也許是長期睡眠不足，也許是腦子裡想著公事分了神，沒有注意到車子跨越了中間的黃線，開到了相反的車道。隨著嘶裂的煞車聲及陣陣的喇叭聲，我發現座車已側停在路肩上；驚魂甫定的我，腦子一片空白，一回神，才驚覺自己方與死神擦身而過。

四周的黑夜，恢復原本的寂靜，此時一輛輛呼嘯而過的車子，提醒了我必須把車子開回車道，繼續上路，這樣的經驗雖然恐怖，但家裡還有孩子等著我，給她一個睡前的擁吻，而明天，明天還有許多工作需要完成呢！

我是一名標準路癡，從機場租車到公司，只弄得清楚一條路的走法。一九九三年的冬天，我前往亞特蘭大的分公司開業務會議，原先安排下午四點到機場，八點抵達芝加哥分公司。由於那個月亞特蘭大分公司業績做得不錯，員工臨時要我請他們吃飯，所以我決定延後一天離開。

吃完晚飯後，天色已黑，外面又下著滂沱大雨，我硬著頭皮開車摸黑找旅館，繞來繞去就是找不到地方。我總算看到一個公共電話亭，準備下車打電話問方向，停下車來，門一打開，才跨出一步，就看到兩名黑人站在電話亭旁邊對我不懷好意地嘻笑；我頓時嚇得跳回車上，快速駛離現場。在驚嚇過度與迷路雙重挫折下，我把車停在路邊，像受委屈的孩子一樣，號啕大哭起來，我頓時覺得，自己再也沒有力量撐下去了⋯⋯。

許多前塵往事一股腦湧上了心頭，有太多的不甘心、不情願與委屈。這個時候，大部分的人大概都已經回到家裡，在溫暖的燈光下，享受辛苦一天之後的天倫之樂了吧！或者輕輕鬆鬆泡著熱水浴，聽著音樂，享受不受人干擾的寧靜吧！為什麼我卻要天天風塵僕僕，要求平靜而不可得？甚至還要忍受如此的驚嚇？我真是不甘心啊！從小我受的教育就是循規蹈矩，凡事盡本分，我從來就是戰戰兢兢的，一步一腳印地闖蕩，我不懂，為什麼我如此認真努力，卻仍要吃這麼多的苦呢？

我真是不情願啊！心中的委屈化為更多的淚水，越想哭得就越傷心，我從小到大，吃了多少的苦、受了多少的罪，可是一次又一次靠堅強的意志力克服了難關。但現在，我的意志力完全的崩潰了，我恨老天爺不公平，我怨自己為什麼要不顧先天的不足，自不量力，硬著頭皮走上這條孤獨的創業之路？在那個陌生城市，不知名路邊的深夜，我一個人坐在車內，孤寂難耐，感覺到被整個世界遺忘了。

也不知道哭了多久，突然打了一個寒顫，好冷啊！窗外的雨愈下愈大，身上只穿了件白天出門匆忙中套上的薄衫，我擦了擦臉上的淚水，搖下窗户，想辦法看清左右的方向，這才發現自己竟然停在高速公路入口的路肩，看到路標清地註明了這是一條「單行道」(One Way)。

這三個字深深地烙印在我的心中，在人生的旅途上，我不也正在走一條單行道嗎？我開始和自己對談：若是跌倒了，要再爬起來談何容易？可是滿地的荊刺，讓人望而卻步。但是心理若被擊退了，只有愈陷愈深而終至萬劫不復，唯一的方法，就只有往上爬，而我，不是早已經下定決心，一定要往上爬了嗎？留在車內，繼續自怨自艾，也許能夠讓自己軟弱的心靈暫時得到紓解，但是我不可能就一輩子坐在車內吧！再不情願、再委屈，還是必須找到旅館，總得要回家啊！

凌晨三點，我終於找到了租住的旅館，洗了一個澡，休息了一會兒，就準備上路了，坐小巴士到了機場，趕上了清晨七點半的飛機，外表上若無其事般，繼續我原定的行程。

這些經驗讓我體會出，人往往需要獨自面對抉擇，人生的許多決定也只能靠自己，沒有人能夠幫助你。我養成了一個習慣，不論發生什麼天大的事情，壓力再重，一定保持冷靜，先想解決問題之道，慎重思考下一步該怎麼走，而不是自怨自艾、顧影自憐，浪費時間在沒有建設性的埋怨裡，或是期待能夠扭轉乾坤的奇蹟出現。

曾經讀過一篇寓言，給我很大的啓發。故事中有一隻餓得奄奄一息的獅子，躺在樹蔭下，此時正好有一名倒霉的失業漢路過，看到這一息尚存的猛獅，於是便停下腳步在獅子旁邊坐下，感嘆有森林之王美譽的獅子，竟然落魄至此。想想自己的懷才不遇、窮困潦倒，油然生出惺惺相惜之感。正在唏噓不已的時候，卻看到遠處走來一隻與獅子水火不相容的老虎，嘴裡叼著美味的肉食對著獅子走去，看到獅子的窘態，老虎竟然將自己的美食讓給了垂死的獅子，神態自若地離去。

這倒霉的失業漢自以為從中得到了啓示，便回到家中，不再四處奔走謀職，只是鎮日坐在廳裡望著遠處，似有所待，一日復一日，整個人變得形銷骨立，憔悴不堪。

一位智者知道他的情況便特意去探望他，想了解他到底在等什麼呢？於是這苟延殘喘的失業漢便將他在樹林看到的一幕景象形容給智者聽，末了，他下了一個自以為是的註解：「上天有好生之德，我在這等著老天爺來眷顧，指引我一條生路呢！」智者憐憫地握著他的手說道：「孩子！為什麼你不去做那隻扭轉形勢的老虎呢？」

天縱然無絕人之路，但是，若是我們不自助又如何能得到天助呢？若不去耕耘又如何能走出自己的道路呢？我們若有機會超越自己，能幫助別人，又是何等幸運呢？

營業額突破八千萬美元

常有人問我創業成功的秘訣，我想這和我們經營公司的精神有絕對的關係。我一向主張不賣低價的電腦，不拼價格，而是增加附加價值，重視售後服務。雖然我們的電腦比一般公司貴二成至三成，我堅持用最好的零件、聘最好的技術人員。有些做電腦相容系統的公司，一年換一個名字，就是想避免售後服務的責任。羊毛出在羊身上，買便宜電腦的人，必須要付其他代價。

在創業的頭兩年，適逢電腦業景氣大起，HiQ 不斷成長，但因在財務上持保守穩健的作風，成長幅度並不算大。一九九〇年，康百克電腦（Compaq）以廉價傾銷，對華人業界造成巨大的衝擊。可是我決定不隨波逐流，而且強調提高產品與服務品質，增加維修人手，並視顧客需求，提供特別設計的產品與服務。這樣的策略成功了，公司開始大幅成長，並開始在全美各處設立分公司。

最早的分公司設在北加州的首府沙加緬度（Sacramento）與馬林縣（Marin County），接著又陸續拓展至亞特蘭大、芝加哥、波士頓、丹佛等地，共有七個據點。我們曾關掉設在北加州士德頓市（Stockton）的分公司，因為在當地公家機構得標後，發現沒有發展的空間，沒有生意可做，所以決定關閉。

值得一提的是，康百克電腦電腦降價求售時，許多同行心生恐慌，大家都認為：「這樣的話，我們就沒路走啦！我們活不下去了！」但在那個時候，我十分冷靜，有個直覺，必須堅持公司「顧客服務至上」，做個人化的服務「on site service」，因為康百克電腦公司體制太龐大，不可能提供這種個人化的服務給地方性顧客。

我還想到一個將康百克電腦肢解、打敗他們的做法。我教育公司的推銷員：「面對康百克的競爭，我們不必畏縮，把康百克電腦拆開來，大家就知道，其中大部分的零件都是台灣製造的東西嘛！」

康百克電腦買回來以後，擺在桌上，我像一名外科醫生，開始替它解體。「你看康百克電腦用的這個 power supply 是台灣 XX 公司做的，它用的是華碩的主機板……。」

我去向客户做示範的時候，會說明：「我們也用同樣的東西啊！你買我的東西，我可以給你三年的保證期限，再給你一年的售後服務。」示範通常只要三十分鐘，客人就被說服了！當客户看到零件是一樣的時候，他看到 HiQ 有的，康百克電腦卻沒有，HiQ 就有競爭的機會。

我就是要確定這一點跟人家不一樣，那時候很多朋友說：「我們的利潤會減少，應該要縮減顧客服務這一部分。」我覺得大錯特錯，反駁說：「顧客服務才是你能夠去跟人家比的，你連服務都縮減的話，那人家幹嘛要買你的？你就沒有跟人家拼的本錢了。」

有很多東西我都是從經驗中學習，以最快的速度糾正偏差，我體會出，做生意到某一個階段，就像武俠小說裡的高手，武功已經學到了，可能連自己都不知道，突然有一天跟人家過招的時候，就把武功使用出來了。電腦業是個變化迅速的行業，日新月異，企業必須要有相當大的機動力及彈性，才能突破現狀，向上發展。

平常在公司碰到困難時，我會先和同事們開會，請大家集思廣益，提供意見。在此同時，我會拿問題向電腦業的朋友請教，研究該如何突破瓶頸。如果發生的問題，不是電腦技術上的，我也會請教其他行業的專家，請他們從專業的角度提供意見。為了學習如何管理、預防企業可能出現的問題，我盡量閱讀，從書本與雜誌上吸收知識與資訊，做為解決問題時的參考。

在財務方面，與大多數電腦同行最大的不同，我採取的是極端保守穩健的作法，從未向銀行借貸，所有運轉的資金都是自己負責、自己所有。

在現代商場，「用別人的錢來做生意」是最高指導原則。在 HiQ 創業初期，也遇到必須咬牙苦撐的時候，但我仍堅持不向銀行貸款，因為唯恐一有閃失，還不出錢而失了信用，所以總是抱持「有多少能力，做多少生意」的原則來經營公司。就這樣一步一腳印，把所賺到的錢，又繼續投資做為運轉資金，不向銀行貸款，沒有外債的問題。保守的財務政策在一九九四、九五年電腦業不景氣時，發揮了最大的效果。

我感到驕傲的是，我們也自創品牌，HiQ 個人電腦系統，曾陸續得到「PC Magazine」、「PC Computing」等雜誌的編輯推薦獎、五星獎等，這些對取得客户的信任與青睞，都發揮了很好的作用。一九九七至一九九八年度，在生意源源不絕下，我們的總營業額突破了八千萬美元。

「創業青年指模」的冠冕

一九九六年八月，中華民國「海外華人第五屆創業青年楷模」進行選拔，我很幸運得到美國著名的華人企業家、View Sonic 公司創辦人朱家良的推薦而入選。我非常尊敬朱家良，他是一位真正的傳奇人物與創業典範，美國泛太平洋雜誌（Transpacific）曾花費近半年製作與編寫的《美國十大亞裔青年企業家》專輯，榮膺榜首的就是朱家良，並以他做封面人物，雜誌還以長達十二頁的篇幅，描寫朱家良創業成功的歷程，並稱朱家良寫下「美國歷史上最驚人的移民成功故事」。

朱家良在推薦我時，道出我創業的特長：

蔡一紅女士是值得肯定與尊敬的女性企業家。她以一介弱質女子，要同時扮好企業家及單親媽媽的角色，實在不簡單，她卻做得很成功。

蔡一紅女士謙稱她的成功創業故事是被「逼」出來的，是非常謙虛的說法。她在創業時的條件不佳，所從事的電腦系統製造及銷售業市最難討好的一種，而她努力克服自己「先天不足」，全力發展公司業務、做好管理，使 HiQ 電腦公司在群英環伺的矽谷，成爲最具規模、擁有良好商譽的電腦系統公司。

最讓人印象深刻的是，在名牌電腦以低價傾銷市場時，她決定以放棄低價競爭的策略，改走比加強品質及服務取勝的策略，使 HiQ 電腦公司逆勢成長快速。這種在危機時做出正確決定並貫徹的本事，正是成功創業家及企業家的特質。

那一年，我被請回台灣領獎，拜會各部會首長，受到很多的禮遇。可是在台灣的這一星期，我卻覺得毫無所獲。我原先認為，被請回台灣的人，會有興趣回台投資，台灣業界對海外創業者可提供意見，彼此有合作的機會。可是安排的活動都是表面上的拜會，也盡是一些歌功頌德的官樣文章，我的內心頗為失望。

記得總統府請我們去交流，提供建言，由李登輝總統親自接待。我那一年擔任美華電腦協會會長，有一些感想，所以就在會上提了出來。我說：「台灣的官員到舊金山灣區，都會請社團負責人吃飯，吃飯聯誼固然重要，但若能談一些台灣政經政策，像內政部長可以談內政措施、如何回台灣投資等；在灣區的社團代表也可事先做功課，在不同部會長官蒞臨，邀請圓桌吃飯時，把所能提供的議題拿到桌上談，這對交流有助益。」

我又提到，那天中午在中小企業處吃便當，處長黎昌意就解釋台灣政府對中小企業在財力物力上提供的幫助事項，台灣為何會造成奇蹟等等，這些內容就很好。

等我講完話，李登輝總統做了一個很簡單結論：「蔡小姐的意思是說，以後大家不要圍著圓桌吃飯，太浪費了。」

我當時一聽，實在不敢相信自己的耳朵，做為國家元首，不可能不了解我真正的意思吧？這樣的反應與裁決，我深感被污辱，也覺得像是「對牛彈琴」。後來我看到外交部行文給駐外單位，把我「不要浪費吃飯」的建言寫在上面。我看了啞然失笑，本來真心誠意想提出意見，結果變成一個被曲解的笑話。同屆領獎的人，後來還跟我開玩笑說：「以後沒有飯吃，可都要怪妳了！」

出國門時，我只是一名普通的小百姓，有機會被請回國，感到榮耀無比，回國也抱著使命感，滿懷希望回去。一個星期下來，卻只有深深的失落感，熱情無從使力，高層的人並不在乎什麼建議，在我看來，一切都是表面文章，記者招待會也僅是「樣板戲」罷了。

創業成功加在頭上的光環，是得來不易的；創業背後的艱苦，咬牙苦撐的情景，不是當事人，卻很難體會，往往走錯一步棋，會遭到全盤皆輸的命運。當時的我，深深感到「人微言輕」的無奈。

第七章

以小搏大 — HiQ 贏了！

做一個人，應付外在的環境容易，但面對自己的內心困難。創業雖不容易，但心中之苦更難耐。

蔡一紅親手將台灣製造的唐三彩麒麟送給副總統高爾

結識愛德華・迪摩

波士頓市訂六月十四日為「蔡一紅日」的消息見報後，很多關心我的朋友好奇地問我：「妳平常多在加州矽谷上班，怎麼會跟東岸的波士頓市扯上關係的？」其實，一開始，純粹是基於做生意的需要與業務上的考量，我們在波士頓的分公司提供了波士頓學區免費師資訓練。但是人生有一些轉折，不是事先可以計畫或預料的，像是邂逅愛德華・迪摩（Edward DeMore），一個原本對我做生意不利的白人，後來反而成為我人生中的一大助力與嚮導。

事情是這樣的，HiQ 一開始在波士頓成立分公司時，就取得了公立學校的合約，雖然 HiQ 的服務很好，但一九九六年有一筆二千萬美元的學區合約有意公開招標，戴爾電腦向市政府新任主管愛德華・迪摩提出企劃書，想說服這位操預算生殺大權的主管將合約交給他們來執行，以取代我們。

一九九六年時，馬尼諾市長選擇在一個破舊社區裡的波克高中（Jeremiab Burke High School），發表他的市情咨文，提出大膽的預測與施政方針：「波士頓公立學校在二〇〇一年，不只在學校的實驗室才看得到電腦，而是每一間教室都會裝置電腦設備，每四位學生可共用一台電腦，學校裡所有的老師也都配備電腦輔助教學，每個學校圖書館皆可透過電腦，查詢波士頓市立圖書館六百萬餘冊的藏書。」另外，所有波士頓的學校，皆可用高速寬頻連結至網際網路。

在那個時候，波士頓市平均每六十三名學生才分得到一台電腦，教師中僅有百分五至十知道如何操作電腦，而教室裡面，根本沒有電腦可言；全市僅有二所學校使用數據機撥接上網。

為了達到他所預設目標，馬尼諾市長當時在市府內成立了一組工作效率極高的科技顧問小組，就是由白人企業家愛德華．迪摩領軍。這組人馬積極執行改革，盼能結合麻州與其他州工商企業、志願者、家長、機關團體的幫助，促成波士頓公立學校的電腦全面化。

迪摩是一名做過大事業的企業家，當然，在他的心目中，像微軟、戴爾、網康等這種大規模的公司，才夠資格與學區合作的對象。因此，他有意用大公司來取代 HiQ，認為與大廠商合作，對學區長期的科技發展比較有保障。

以戴爾電腦的名氣，想以大吃小，甩掉 HiQ，並不是一件困難的事，迪摩看過我們兩家公司的企劃書，就在他做最後決定的關鍵時刻，弟妹盛健、培林和我，商量出一個擊退戴爾的妙方。

盛健是 HiQ 波士頓分公司的負責人，英文極為流利，而且膽量十足，她打了一通電話給迪摩：「我可以到你的辦公室，向你提出我們新的企劃內容嗎？」

迪摩雖然心中已有定見，但他認為無傷大雅，回答說：「當然。」

盛健單槍匹馬到了市政府大樓，面對迪摩，遞上新的企劃書說：「HiQ 願意提供兩間免費的教室與電腦設備，長期提供學區做師資培訓之用，未來，波士頓公校的老師想學習電腦，都可以來上課。」當時公立學校最缺乏的就是師資培訓，我們猜測，戴爾電腦公司組織系統龐大，就算他們想要「有樣學樣」，也要層層關卡往上報，無法像我們立刻做決定，而他們恐怕也想不到這一招。

迪摩聽了盛健提供的條件，大吃了一驚，因為我們所提出的服務，正是學區最缺乏、最迫切需要的，不過當場他未置可否，只是接過企劃書，告訴盛健：「我會把妳的意見傳達給執行委員會，我再回覆妳吧！」

隔了幾天，審查委員會召開會議時，迪摩告訴委員們 HiQ 願意提供免費教學與教室的構想時，委員們均有正面的回應，而且認為 HiQ 過去的口碑不錯，跟學區一直保持良好的關係，應當予以支持。但是迪摩心中還是有保留，他說：「我是你們當中唯一做過生意的人，HiQ 畢竟是一家小公司，我需要拜訪他們的公司，瞭解他們的財務狀況再做決定。」

迪摩親自拜訪了 HiQ 在波士頓的分公司，和盛健會談了兩小時，充分瞭解了 HiQ 保守卻健全的財務狀況與堅持高品質的服務策略。之後，終於放心地把這一份合約交給了我們。

簽約後，迪摩從美國東岸飛到西岸，到我們在北加州桑尼維爾市的總部拜訪。之前，他只知道 HiQ 是一家由亞裔移民所創辦的公司，他不知道誰是負責人。下午他到公司見到我時，露出驚訝的表情，他說沒想到總裁居然是一位年齡不到四十歲的華裔女性。當天，我以主人身分邀請他晚上到聖荷西市城裡一家高級義大利餐廳用餐。

晚上七點左右，我與一位菲律賓籍的女性朋友前往義大利餐館，我們認為若能和這位有權勢的市政府主管打好關係，對將來開展生意會有很大的幫助。迪摩上午曾接連拜訪了幾家高科技公司，晚上赴宴時，我看出他很疲倦，卻又有不得不應酬的無奈，他很公事性地問我：「妳怎麼進入這一行的？」

喔，我怎麼進入這一行？對我來說，要完整的作答，還真是一言難盡。我從不對人提起自己過去，何況是面對一名完全陌生的白人男子？不過，也許就因為對方是陌生人，又是不同膚色，我潛意識中對他沒有戒心，一股腦把自己做為第一代移民的經歷，包括擺地攤、經營便利商店等等的過往，一五一十向他吐露。

迪摩很有耐性地聽我我敘述自己的生活歷程，也表示了高度的興趣，我也就毫不隱瞞、也痛快地訴說了自己內心的種種。我告訴他，因為工作的關係，常往來機場，每次飛機降落前，從機艙的窗户看到萬家燈火，極端的寂寞感就會湧上心頭，常淚濕衣襟。我多盼望有一個人在家裡等著我，有一個溫暖的窩。可是家往往是空洞洞、冷冰冰的，我多麼渴望擁有一份安全感。對很多有婚姻關係的女人來說，把「有個男人在家」視為理所當然，但對我來說，卻是那麼不容易！

我對迪摩說，我知道生命是不完美的，上帝很公平，世界上沒有人可以得到所有的東西。不過，上帝似乎也很憐憫我，知道我要孤獨，賜給我一個可愛懂事的女兒。表面上的生活是艱苦的，但內心的煎熬更叫人難耐。女兒小的時候，生活中有太多的未知數，可是身邊沒有人可以傾訴；我也不能在女兒面前哭，怕會嚇到她。我從來沒有大哭的權利，白天，工作佔據了我的心靈，可是，在夜深人靜、萬籟俱寂時，我面對自己，總是孤單無助地把頭埋在被窩裡哭泣，長期的感情壓抑，讓我必須靠安眠藥才能入眠。

過去十年來，我埋首工作，生活面非常的窄小，除了賺更多的錢外，非常貧乏無味。我告訴他：「做一個人，應付外在的環境容易，但面對自己的內心困難。」創業雖不容易，但心中之苦更難耐。

迪摩的反應是，聽到我戲劇性的經歷，像讀一部小說，讓他情不自禁地全神投入，完全忘記了白天的疲倦，他說聽了我奮鬥與掙扎的故事，非常佩服我能有今日的成就，也讓他對亞裔移民有更深一層的認識。一直以來，他只看到亞裔成功的一面，認為亞裔的成就垂手可得，完全不瞭解新移民背後的刻苦奮鬥與付出的巨大代價。自此以後，他對於移民的貢獻，有了更正面的想法。

五十四歲的迪摩，也很坦誠地分享了自己的過去。他說自己誕生在嬰兒潮時期的藍領階級家庭，家中沒有人是大學生，他從小就覺得自己家很窮，他的母親有一次嚴肅地告訴他：「家裡至今沒有人上過大學，你有機會必須上大學，接受高等教育。」他後來非常勤學努力，真的成為家裡第一個進入大學的成員，之後，妹妹、弟弟也都跟著成為大學生。

他說自己在麻州大學就學期間，雖然生活中也有起伏，但是他對生活頗為滿意。他認為自己生在人類史上的最佳時機，生在世界上最好的國家，而且又是白種人——一個最完美的人類族群。

但美不中足的是，內心有窮困、沒有出路的感覺，他決定脫離老家，出外打天下。他觀察當地一些住民生老病死，從來沒有踏出窄小的生活範疇，像被囚禁一般，感到非常惶恐。他決定將來一定要賺很多的錢，生活保持舒適，過著無拘無束的生活。之後，他的生意果然做得很成功，而且住進波士頓人人羨慕、最有錢的 Beacon Hill 高級住宅區。

迪摩養育四名聰明活潑的子女，家庭很幸福，但是因過去生活的經驗，他曾經一度把追求名利列為首要目標，習慣性地跟人一較高下，而且瞧不起能力比他差的人，包括自己親近的友人。這種來自內心的不安全感與傲慢，差點毀了他的婚姻與家庭。後來，經過妻子一番提醒與「攤牌」，也透過自己的掙扎與自省，現在，他的人生觀扭轉了，全力幫助波士頓市長推動科技興學，幫助窮苦與條件差的人，不再是「金錢第一」，而以回饋人群為生活目的。

迪摩告訴我，雖然他也經歷過一些掙扎，但是他畢竟是生長在美國，又是白人，比起許多人，的確擁有更多成功的機會與利基，與我吃過的苦頭比較起來，所經歷的挑戰還真是微不足道。

我沒想到居然和第一次見面的白人男性可以談幾小時的生活哲學，不過這一次的對話，對兩人都有重新思考人生與洗滌心靈的作用，我們彼此的友誼也在自然中滋長。

與美國副總統高爾公開對談

一九九八年，美國聯邦政府全力在各大城市推動科技興學，縮短「數位隔離」(Digital Divide) 所造成的貧富差距。在美國商務部與波士頓市政府的安排下，美國高爾副總統於十月九日到波士頓的「科技特區」(Empowerment Zone) 主持科技教育座談會，地點就選擇在我們 HiQ 波士頓的分公司。

那天，高科技公司的高層主管，包括網康公司 (3COM) 的執行長、思科公司的副總裁、微軟公司的高級主管與多所公立學校校長、老師、學生等三百多人都參加了座談會，原本安靜的 HiQ 公司頓時人頭鑽動，川流不息，熱鬧非常。

國家副元首親自前來波士頓主持會議，被視為當地的一件盛事，好幾名保安人員在副總統來臨前一星期，已在公司裡裡外外、前前後後做了嚴格的安全檢查。

下午一點鐘左右，我與弟妹盛健、學區總監、馬尼諾市長及一位小學女生被安全人員請到公司後門，等候副總統的駕臨。之前我們被告之：「基於安全的理由，高爾副總統抵達以後，必須從後門進入，你們就在這裡歡迎他。」

在副總統抵達之前，我看到數名彪形大漢在公司內內外外來回走動，用對講機講個不停，不久，兩名腰際繫槍與著黑色風衣的保安人員衝進門，呼吸及急促地通告：「他來了！他來了！」緊接著，我又看到一堆特勤人員魚貫進入。

我第一次見識到這樣的場面，感到很興奮新鮮，心臟跳動跟著加速，過了一會兒，大家期待已久、那張常在電視上看到的熟悉臉孔終於出現了！

高爾副總統一跨進門，哇！我覺得他好帥，他先主動伸出手向馬尼諾市長問好，我一瞧，副總統比市長整整高出了一個頭呢！他穿著筆挺深色的西裝、有著健壯的身材、加上從容的態度，真有王者之風，充分顯示了領袖人才的風采與氣質。

看到我這個東方面孔，他似乎已事先做過功課，高爾問：「妳就是 Echo 蔡女士？」

我盡量露出自己最美麗的笑容：「非常高興見到你，副總統先生。」

高爾副總統很友善親切地和我說了二、三句話，之後也與在場的人開開玩笑，他輕鬆的語調、愉悅的笑容，把原本略為緊繃的氣氛化解開來。

此時，我把事先準備好的禮物——一幅麒麟唐三彩畫送給他，並向他解釋：「這個動物在中國叫麒麟，只有在和平時期才會出現！我將它送給您，感謝您對消弭數位隔離所做的努力。」

高爾高興地說：「謝謝！謝謝！」

緊接著，隨身人員將副總統帶進另一個會議室，做出場前的化妝梳理工作。我和盛健則回到人群中。

當天做為女主人，本應由我在大廳向參加會議的人士致歡迎詞，但因為必須在後門迎接副總統，所以改由丹佛分公司的經理代表講話，那天是 HiQ 兩個免費教師訓練中心的正式開幕日，高爾副總統象徵性地應邀剪綵，所以我把幾個分公司的經理全部請到波士頓，見識一下這個難得的盛會。

坐在大廳的三百多人，耐性地守候了一個多小時，一看到高爾副總統出現，報以熱烈的掌聲，高爾揮手向大家致意，走進人群中間。他在開場白中，首先謝謝女主人我、謝謝所有在場人士的參與，他恭喜市長在科技教育的成就名不虛傳，也感謝地地方人士熱心推動科技教育。在引言中，高爾強調了網路的重要性、指出未來的世界大家都必須使用電腦、科技對日常生活革命性的影響等等。

接著，高爾副總統就衝著我問第一個問題：「妳的公司為學區開設兩個教師電腦訓練中心，十分有貢獻，也是一項非常獨特的做法，妳的動機是什麼？」

我起身，接過麥克風說：「十年前，我從台灣移民到美國，無一技之長，但美國是機會之土，包容力大，提供了許多新移民成功打拼的機會。現在，我有這個能力來回饋社會，對我來講，是個不可錯過的機會…。」

我繼續說：「我本身在高科技界工作，瞭解人們很仰賴高科技，尤其是下一代，需要提早接觸它，應該讓他們從小接受最好的電腦訓練，而學童若要接受好的訓練，當然要先從訓練老師開始。其實，這個企畫案是 HiQ 副總裁（Vice President）給我的主意…。」

一聽到「Vice President」，高爾馬上接口：「等一下，妳是說那麼棒的主意，是 Vice President 給妳的？」

高爾一語雙關、幽默的反應，讓我也大膽跟進：「對呀，這足以證明，Vice President 有多麼的重要！」

現場的人聽了我們的對話，都哈哈大笑起來。

緊接著，高爾副總統與馬尼諾市長各自坐在高腳椅上，進行座談與對話，高爾手中拿著波士頓市府人員事先替他準備好的二、三十個問題，他抽出其中的一個問題唸道：「你們對科技教育訓練的感受如何？」教師工會馬上有一名代表舉手做了詳盡的回答。

高爾又問在場的學生們：「家人跟你們一起學習電腦，你們感想如何？」高爾知道舉手的人都是事先排練好的，故意挑了一個坐在我後面、沒有舉手的小女孩，對她說：「我可不可以聽聽妳的意見？」小女生怯生生又很天真地表達了自己的感想。

座談整整進行了三個鐘頭，結束時，高爾副總統顯得很開心，馬尼諾市長更是興奮得不得了，他跟我說：「原來安排在 HiQ 的行程只有兩個半鐘頭，副總統主動多待了三十多分鐘呢！真是非常難得！」

一些科技公司主管與官員，在會議一結束後，被警衛請到後門，排成一列，以便在高爾副總統離開以前，歡送與找機會跟他握手與拍照。我看到這麼多名人高官擠在自己公司後門簡陋的倉庫內排隊，頓時感到很滑稽。

我站在馬尼諾市長旁邊，靈機一動，探詢馬尼諾市長：「你可不可幫我向副總統索取一個簽名，給我的女兒 Christina？」

「妳自己跟他要，他會給妳的。」

「你確定可以這麼做嗎？真的可以嗎？」我有點緊張。

「沒有問題的。」

那時，副總統走近，我鼓起勇氣問他：「副總統先生，可不可以請你替我女兒簽個名？」

「喔，當然可以，妳女兒叫什麼名字？」

「Christina.」

「C字母開頭還是K字母開頭？」

「C字母開頭。」

看他拿著筆在紙上認真的書寫，我興奮得不得了，驚訝副總統居然那麼隨和、沒有架子，當我自副總統手中接過簽名時，看到上面的字，我真是高興得快昏倒了，他寫道：「給克莉絲汀娜，妳母親的崇拜者，高爾。」(To Christina, a big fan of your mom, Al Gore)。

第八章

黑人孩童的啟示

我開始認真思考自己這輩子最想做的事，那就是幫助低收入的家庭和小孩，就是因為與黑人孩童的這次接觸，促成我幫助弱勢家庭的決心。

美國商務部長威廉・戴利(左)與波士頓市長湯姆・馬尼諾
與蔡一紅攝於波士頓HiQ公司

失望的小男孩

高爾副總統到波士頓訪問的活動一結束後，很多人主動找我說話握手，有一名約七、八歲的黑人男孩興致勃勃地跑來問我說：「Echo 女士，今天聽到妳說，妳是從台灣來的，我想要寫一篇關於台灣的報告，妳可以告訴我台灣在那裡嗎？」

當時為了趕到後門恭送高爾副總統，我順口回答那位黑人孩童：「你回去打一封電子郵件給我，我會告訴你台灣在那裡，我的郵件地址是…。」剎那間，我看到小男童整張臉垮了下去，露出失望的神情。

副總統走了以後的數天，我沒有見到男孩子傳遞給我的電子郵件，而他失望的模樣卻一直縈繞在我的腦海裡，不懂為什麼他沒有繼續和我聯絡。有一天，我恍然大悟：「這孩子一定是來自貧苦家庭，家中沒有電腦，或沒有上網設備，這就是為什麼他沒有寫電子郵件過來的原因！」

我試圖透過不同管道去尋找那名小孩，可是當天因為參加會議的孩子來自很多不同的學校，市府人員說，無名無姓，實在無從找起。我非常的難過，真是不應該令那位小男孩失望，我擔心自己無意間也侮辱了他。

從波士頓回到加州後，我開始認真思考自己這輩子最想做的事，那就是幫助低收入的家庭和小孩，就是因為與黑人孩童的這次接觸，促成我幫助弱勢家庭的決心。

美國總統於一九九六年對全國發表了一項宣誓：在進入二十一世紀以前，全美國的學校均有電腦教學，並且連接上網際網路，一九九八年十月二十六日，是波士頓驗收成果的日子。馬尼諾市長在朵柴斯特區（Dorchester）美樂小學（Mather Elementary School）主持了一項記者會，驕傲地宣佈，波士頓是全美第一個完成了電腦裝備架設的地區。HiQ 電腦公司那時業務蒸蒸日上，波士頓分公司贏得了良好的聲譽，也順利取得學區二千萬元的契約，我真的高興極了，我以 HiQ 總裁身分受邀參加記者會，特別從西岸飛到波士頓。

舉行記者會的美樂小學座落在窮人區，全是黑人學童，我一進學校大門，就有一名穿著雪白上衣、黑色的長褲的黑人小女孩，睜著烏溜溜的雙眼對著我說：「May I Escort You?」（我可以護送妳進去嗎？）這位小女孩露出驕傲的神情，我知道窮人家的小孩平常不是那麼穿的，「ESCORT」這個「高級」的字眼，恐怕也是平常少用的，我有種莫名的感動。

波士頓市有一百六十八個小學，學區特別在這一天辦了一個「網路日」（Net Day）的示範活動。參加記者會最受注意的貴賓是美國聯邦參議員愛德華・甘迺迪，另外學區總監裴森、學區委員會主席瑞琳潔，與三百多名來自各個公立學校的師生們也都出席了盛會。

學區總監首先上台說話：「一九九六年，波士頓公立學校每六十三名學生才能共用一台電腦；一九九八年的今天，每十位學生已擁有一台電腦。在我們一百二十八所公立學校中，每所學校都有專門的電腦實驗室，每四間教室也最少有一台電腦可使用。在其他的大企業協助下，未來兩年將繼續在各校裝置電腦，直到完成目標為止。」

馬尼諾市長繼而驕傲地宣稱：「波士頓是全美國第一個達到目標的城市。高爾副總統在最近訪問這裡時，就稱波士頓的電腦教學計劃是全國的典範，並呼籲全美其他學區能群起效尤……。」

他接下去強調：「光有電腦不足，重要的是師資培訓，我很感謝 HiQ 公司提供全美國第一個免費教師培訓中心，協助公立學校教師利用最新的電腦科技輔助傳統教學。老師利用電腦可以取得全球性的教育資源，並與其他教育工作者與家長們以最快的速度取得聯繫；學生利用上網與有多媒體功能工具，取得了更有效的學習。」我聽到自己的公司被點名，感到很驕傲。

那一天的記者會，發生了一段插曲。被安排第三個講話的甘迺迪參議員，在上台時已接近中午十二點，剛好是小朋友輪流進餐廳吃飯的時間，有一班的小朋友在參議員上台同時，全部站起來準備進餐廳。參議員甘迺迪看到後，臉上立刻露出不悅的神情，草草結束了他的演講，也沒有多做停留，便離開了會場。事後學區的人說，甘迺迪很生氣，他認為主辦單位應該安排他第一個上台說話。我不太理解的是：小孩才是當天的主角，無論如何，名人的自尊應該擺在最後才對啊！

學區總監後來又解釋了電腦教育進行的情形，他說校區在網路上創造了一隻叫「魯尼」的龍蝦（Luni Lobster）（註：波士頓以產龍蝦著名），波士頓的小學生藉著這隻龍蝦藉由網際網路旅行到其他州的小學，一年當中總共遊走了數十個學校。我在一間教室內與學生聊天，發現當天不過是「作秀」，雖然教室內已有電腦，但並不是每一位老師都懂得使用電腦。我開始動起念頭，要為學生多做一些事。

捐贈一千台電腦的決定

回到北加州矽谷後，我跟弟弟談起在學校的觀察，認真地想發動全面性的電腦教學。我把免費教師訓練中心的課程排得很密集，可惜的是，教師反應並不熱烈。我與迪摩取得聯繫，不解地問道：「我們的課程都排出來了，為何學校反應如此冷淡？」我們討論原因，一方面研究可以刺激老師學習的方法。

迪摩是波士頓土生土長的人，非常熱愛波士頓，他發現波士頓公校教育系統的確有問題，根據當年的統計，全美國年收入在五萬美元以上的家庭中，百分之七十在家中裝有電腦，但在波士頓的公校學生中，卻只有百分之十的學生家中有電腦，學生家中沒有電腦，自然不能產生連續性的學習。

我發現，家長不懂電腦也不行，無法讓孩童真正從科技中受益，因此想辦法做出一套完整的計劃，讓家長也能參與。雖然公立學校的科技教育改革已具有成效，然而，公立學校學生中，很多來自低收入家庭，家裡裝設電腦供學童使用者少於十分之一，相較於全美之百分之六十，差距甚大。

我不斷思考一個問題：就算老師們都會使用電腦了，學校也都有電腦設備，可是家裡窮的孩子一回到家，就沒有電腦可用了。家境好的孩童，回家可以利用電腦做功課，或透過網路和老師聯絡，但是貧戶家的孩子，沒有這種奢侈與工具去公平競爭與學習啊！

我認定一項事實：唯一讓窮孩子有競爭能力的辦法，就是提供他們必備的武器——電腦器材。我不斷在電話中跟迪摩討論：用什麼方式提供電腦給低收入的孩子？

我提出一個主意：「英特爾曾捐出一萬顆的 CPU 給慈善機構，捐出的都是上一代舊貨，但可以用全值扣稅，也做了一件大好事，造成雙贏的局面。台灣的廠商也一定有很多庫存，可以像英特爾一樣，捐出不同的電腦零件，而 HiQ 可以幫忙組裝那些機器。」

迪摩問我：「妳可以找到這些廠商贊助嗎？」

「沒有問題的。」我很有自信地一口答應了下來。

找台灣廠商贊助的原因是，我到美國十多年，一直心存台灣、以台灣這塊鄉土為傲，希望能促成一些國民外交。當高爾副總統到 HiQ 主持會議的時候，我還特意叫人把一排印有「台灣製造」(Made in Taiwan) 的電腦箱子放在最明顯的地方，好讓攝影機可以清楚地拍得到。我的構想是：台灣廠商同意捐贈後，市長一定會公開做宣佈，那不等於是替台灣做了最好的宣傳嗎？我覺得這樣做太聰明了！

可是，人算不如天算，我興沖沖詢問了矽谷十多家台灣廠商，卻發現沒人理我，他們不是表示沒興趣，要不就是懷疑我的動機：「是不是妳想出風頭？」有些人則反問：「捐電腦對我們有什麼直接的好處？」

沒有得到正面的反應與共鳴，我的心情很沉重，擔心一件好事就這樣夭折了，在我的心裡，卻有一個堅定的聲音告訴我，這件事非做不可。

反覆想了幾天，也和我這些年來最重要的諮詢顧問培林討論了好幾次，繼而得到全體家人的支持，我們希望在此刻做一件有意義的事。這其中當然也包藏一個自私的原因：孩子長大後，我們能有一些自豪的事可以告訴他們。

家庭會議通過後，我撥了一通電話告訴迪摩：「我決定由自己捐一千台電腦。」他再三要我考慮，因為捐贈一千台電腦不是一個小數目，最後他被我的堅決所感動，他知道我並非巨富，認為我很有心、也很有勇氣，決定全力助我一臂之力。

迪摩建議我應該先去徵求肯恩先生（John Keane）的意見，肯恩先生熱心慈善事業，是波士頓有名的大企業家，深具影響力，我曾在高爾副總統到訪的場合中見過他一面，迪摩既然這麼建議，我決定去拜訪他。

許多人找肯恩先生，都是有所求才上門，他並不隨便與人社交，當他知道我的來意後，似乎對我有了好感，還主動請我出去吃飯。他指點我：「波士頓有一些非營利組織只是做表面工夫，妳要先取得市長的背書，讓市長對妳捐贈電腦這件事做公開的聲明，而可是妳絕對要自己來監督整個計劃。」

從中午十二點談到下午四點鐘，我記住肯恩先生的忠告：「確定幫妳捐出電腦的人，真正地在做事；而獲贈電腦的人，是真正需要幫助的人。」肯恩很有把握地預測：「這件事，會像一顆石頭丟在水中，引起無限的漣漪與迴響。」

肯恩先生說找波士頓馬尼諾市長背書非常重要，所以我立刻去會見市長，我對他表明要捐一千台電腦的計劃，並告訴他：「我不會捐了錢就不管，我會監督整個計劃，確定它能發揮最好的功效。」

市長非常肯定我的決心，答應傾力協助這項計劃，他表示對我的作法很贊同，因為做善事，還能把自己的時間與精力一起捐出去，是非常少見的。

市長還告誡我：「妳不要讓其他政客插手。」在市情咨文公布後，果然，真的就有國會議員打電話想要跟我「合作」，做為他們本身的政績，但我皆一一婉拒了，直接了當地表示「這是私人計劃，我不願與政治扯上關係。」

整個過程我還要確定別人能夠明白：在白人主流社會，有一個主要的計劃是「由亞裔女性主導」的，並強調這是由一位「來自台灣的新移民」，有心回饋美國的一項行動。

窮人的無奈

一天，我無意間看到一則電視新聞，矽谷惠普著名女總裁宣佈捐出一千萬美元，響應柯林頓總統縮減「數位隔離」的計劃。她做宣佈之後，記者訪問路上一名黑人對此事的感想，他說：「我那裡管得了這麼多，每天有東西放在飯桌上最重要！」

我驚覺：有些人真的太窮也沒法救，給他一袋米，比什麼都要緊，理想與現實還是有差距，接受幫助的人，也要有一定的程度與意願啊！

我決心以做生意的認真態度，徹底去執行捐贈的計劃。我開始想，找誰來負責聯絡？如何選擇接受捐贈的家庭？去那裡找窮人？從一無所知開始摸索，老實說，還真是一件大工程。

迪摩說，教會是一個很重要的地方，許多窮人區的人都到教堂定期聚會，所以我決定去參加一次聯合教區早餐會。那一天，有一百多名教會主事牧師聚在一起，他們集體為我祈願與禱告：「萬能的主啊！希望你保祐 Echo 的計劃成功。」我感動得流下了眼淚，那一刻起，捐贈電腦這件事，變成了一項神聖的使命。

幾天後，我繼續拜訪波士頓的社區中心與貧戶，做深入的瞭解，發現百分之八十的社區中心都有電腦，但無電腦教學，簡直就是「兵無用武之地」。我花了很多的時間，參加波士頓市政府的籌備會，早上開一個會，下午開一個會，瞭解波士頓區非營利組織的運作，發現果真如肯恩先生所言，很多納稅人的錢都被亂花掉了，並未起真正的作用。

我還發現，波士頓市的拉丁裔、黑人、愛爾蘭人老死不相往來的。我突發奇想：透過電腦科技，也許可以起種族融合的大作用，網路無國界，彼此在網路上聊天，不會受膚色影響，互相做朋友，這樣不是很「世界大同」嗎？

第九章

「科技回家」的誕生

美國心理學家萊恩博士所說：「生命的真義是知足。」我相信人生過程中的取捨，掌握在自己手中，如胡適之先生所說：「要怎麼收穫，就要先怎麼栽。」

蔡一紅與「科技回家」畢業生攝於波士頓

德不孤必有鄰

一九九九年一月十一日，波士頓市長馬尼諾在年度市情咨文中宣佈「科技回家」(Technology Goes Home) 這項計劃，他公開宣佈：

「感謝 HiQ 電腦的贊助，我們創造了師資科技培訓計劃。今晚，我很榮幸地告訴大家，HiQ 總裁蔡一紅將捐贈一千台電腦給波士頓學區有需要的家庭學生與家長完成指定的電腦技術訓練課程後，可以免費得到一台全新的電腦、將它帶回家裡。

不久前，Echo 不過是一名只能說少許英文的移民，現在，她是位成功的企業家，她幫助我們年輕學子做好邁入二十一世紀的準備，謝謝妳，Echo。」

在馬尼諾市長公佈一千台電腦的捐贈後，「科技回家」計劃正式展開，這項計劃的觀念其實很簡單，但卻是史無前例、十分創新的做法。

也許是「德不孤、必有鄰」，在我的捐贈行動後，也吸引了不少其他公司的贊助支援。像 3Com 公司提供高速寬頻數據機，Keane 與 Target Software 公司則協助計劃的規劃與執行，微軟捐贈 Windows 與 Office 軟體，以及 Staples 與 Lexmark 共同提供噴墨印表機等。凡是參加「科技回家」計劃的貧窮之家，在接受長達十至十二週的訓練課程之後，除了可以免費帶一台電腦回家，還可獲得一台數據機、免費撥接服務以及一台噴墨印表機。

能幫助這些家庭，讓我覺得很榮耀、快樂與滿足。在一次聚會中，我看到一名胖胖的墨西哥孩子，很喜歡玩電腦，但家裡買不起，他每天跑到社區中心電腦室研究電腦。他的母親告訴迪摩，他的某項考試成績沒通過，言語中帶著憂慮，怕他無法正常升學。我目睹這名個子小小的母親跟迪摩說話的樣子，讓我回憶起自己媽媽曾經為了我們三個孩子學業上的退步，三番兩次地到學校求情的光景。

這個墨西哥孩子，好像是我年少時的弟弟。我和兩個弟弟自幼感情親密，他們在學習的過程中雖然和我一樣，沒有什麼傲人的成績，但是在電腦專業的領域裡，他們不斷地自修學習，得到相當的成果；他們是我人生與事業上的最佳支柱與伙伴。

「科技回家」這項計劃一直由專人監管、擴展推行，麻省理工學院協助規劃一份評估準則，追蹤這項計劃對這些家庭造成的影響，美國商務部後來也捐贈二百五十萬美元，加速這項計劃的落實，參與這項計劃的成年人，有三分之一以上的人已找到不錯的工作，這些都是令人驕傲的成果。

另外，我更覺得欣慰的是，二〇〇〇年十二月初，全美市長會議在波士頓舉行，四天會議的重頭戲之一，是向全美國各大城市介紹波士頓電腦普及的成功模式，其中「科技回家」被美國商務部與波士頓推為典範計劃，在全國各地推廣，造成這樣的影響力，是我始料未及與深感榮耀的。

「科技回家」畢業典禮

「科技回家」計劃訓練課程一結束，都會舉行結業式。二〇〇一年元月中，我前往波士頓參加「科技回家」第二屆畢業典禮。前一天晚上，我與四個不同的黑人家庭約在一起用餐，有些家庭因為要換四趟公車，經過了一個半小時的車程，才抵達華埠吃飯的地點。吃完飯後，迪摩送他們到車站搭車，原先想替他們叫計程車，只要二十分鐘就可到家。但迪摩沒有那麼做，因為他怕無意間傷害別人，怕他的動作被解讀錯誤。迪摩對人有這樣體貼的胸懷，讓我學到一課：當我們幫助別人的時候，也要設身處地為對方設想，而不是一味地自以為是啊！

第二屆的畢業典禮在波士頓市政府對面的歷史紀念堂 Fanial Hall 舉行，這次有三百多人出席，有六十七個家庭接受了電腦捐贈。典禮是由一名受社區尊敬的黑人牧師主持，我最感動與印象最深刻的是，上台領獎的不少是全家出動的，甚至包括阿公、阿婆，全家七、八人上台的，他們打扮得很整齊漂亮，其中有一個阿婆戴了一頂毛絨絨、很搶眼的帽子，看得出來她很重視這個活動。

還有一名父親帶著八歲女兒上台致辭，他走到台前說：「我只是一名小人物，但我與女兒參加電腦訓練，學到好多，謝謝市長與 Echo 女士沒有忘記我們。」

他們認真的學習與誠摯的態度，非常感人，每聽他們每一個人上台講話，都讓我熱淚盈眶，我深深體會，能有力量幫助別人，絕對是一件幸運的事。

在這次典禮前後，也發生了一段小插曲：

在典禮開始以前，我進入大廳，看到許多政客名流肩並肩地坐在最前面一排，他們同時忙著跟市長握手做公關。我的注意力則完全放在參加畢業典禮的家庭上，完全沒有去跟達官貴人寒暄的意願，看著那些孩子們緊緊地依偎在家長身邊，臉上神采飛揚，緊張而又驕傲地等待領取證書，我感到很享受。

典禮之後，波士頓圖書館館長，一位德高望重的白人，主動來跟我說：「下次妳再來波士頓，一定要通知我，我希望和妳吃個中飯。」他走開以後，有一黑人女士走過來，我對她微笑，她突然一下子擁抱我，並在我的面頰上親吻了一下，在我的耳邊說：「我可以感受到，妳對待我們(指黑人)，就如同妳對待他們(指白人)一樣。」我相信這名黑人女性，打從一開始就一直在觀察我的一舉一動。

在波士頓地區，不少黑人認為白人幫助他們，目的是要利用他們，不過是錦上添花來突顯自己的地位與名聲；不少白人則認為很受傷害，自己的好意被曲解而失望灰心。我有機會將族群之間的隔閡一層層地消除，贏得兩邊社區的尊敬與信任，感到萬分幸運。我想，對人關懷，可以活出色彩繽紛的人生，讓心理上多一份自信，多一份來自人們正面的回音。

二〇〇〇年一月，另一個規模更大的管理組織「數位之橋基金會」(Digital Bridge Foundation）成立，我與四大科技公司的總裁擔任董事會成員，迪摩任執行主任。董事會成員除了我之外，還有 Target Softwarez 負責人兼總裁 Charles L. Longfield、Keane, Inc. 創辦人兼董事會主席 John F. Keane、Intelligent Software Systems, Inc. 創辦人兼總裁、亦是麻省理工學院多媒體實驗室多媒體研發的總負責人 Nishikant Sonwalkar 博士、Technology Business, Arnold Communications 企業合夥人兼總裁 Kenneth Umansky，這些人都是學有專精，事業有高成就的的企業家。

另外，美國商務部、哈佛大學、麻省理工學院多媒體實驗室、波士頓大學、美國線上、微軟、網康、萊克斯等公司，紛紛響應，以贈予的方式，提供基金會與其相關計劃活動所需的設備、財務、人力支援。此時我發現，自己竟也已成為波士頓城全面科技發展的重要推手之一。

哈佛高材生蜜雪兒・夏的故事

一九九九年，我僱用了一名三十多歲的哈佛大學高材生蜜雪兒・夏（Michelle Shaw）擔任「科技回家」計劃的協調員（co-ordinator），拜訪各個社區、設計有關網站、找出最有效的途徑捐贈電腦。

我在「科技回家」訓練課程的第一屆畢業典禮中，以自己的人生經驗鼓勵貧苦家庭的孩童：遇到困難不要放棄，要勇往直前，成功是屬於堅持到最後一分鐘的人。她告訴我，我的一番坦誠的表白很叫她感動。她總認為一般有錢人捐錢並不是出於誠意，而是別有用心或有其他目的。我的故事對低收入社區來說，很具有啟發性。

正因為對幫助貧苦家庭懷抱同樣的熱情與真心，蜜雪兒後來與我成為很好的朋友，從談話之中，我也發現，蜜雪兒本身其實也有一個動人的故事。她在紐約的布朗區（Browns,New York）長大，就讀布朗大學，之後通過考試順利進入哈佛大學（Harvard University）法律學院就讀。

她的成績很好，畢業後，在波士頓的律師事務所執業了一年，覺得工作很無聊，又深覺只是在「為有錢人賺更多的錢」，沒有太大的意義，當時又發現自己懷孕，隨即放棄高薪的工作，留在家裡，與麻省理工學院的博士先生艾倫一起做了一個人生的重大決定，捨棄傳統的學校教育，負起在家教育孩子的工作（Home-schooling），她的三個兒子，分別是四歲、六歲、八歲。

她同時和丈夫在家接一些電腦諮詢的生意。夫妻兩人都喜歡孩子，也喜歡參與社區服務。對蜜雪兒來說，能同時兼顧這兩件事，按自己的選擇過日子，就是達到夢想，是再幸福不過的事。

自己在家教讀，並不代表將孩子與外面的世界隔絕；相反的，他們的生活範圍比一般的孩子還寬廣。艾倫做電腦程式設計，無論到那裡，全家都一起行動，他們到芝加哥、加州、密西西比州，都帶著孩子一同前往，孩子也都帶著功課一起。孩子本身透過電腦CD、作業本、各式各樣的遊戲，發展自己的興趣。八歲的男孩是小學四年級的程度，六歲的男孩是小學二年級的程度。

當蜜雪兒在密西西比高中授課時，孩子們與高中生可以打成一片；上教堂，孩子參加主日學校，也成為教會合唱團的一分子；當她見市長時，孩子也有機會與成人接觸。他們是一群開心快樂的孩子。他們想帶著孩子環遊全美國。

蜜雪兒和先生艾倫期望孩子們長大後就讀正規的大學，因為上好的大學對他們的前途有幫助，但不打算給他們過度的壓力。在孩子程度到達上高中的條件後，他們打算讓孩子自己做選擇。他們可以上正規高中，或是仍然呆在家裡自習。

當然，蜜雪兒和艾倫知道自己不是十項全能，不可能樣樣都通。艾倫擅長數學與科學，蜜雪兒的專長則是語文與閱讀寫作，至於兩人都不擅長的藝術與音樂，則另覓人選做孩子的教師。

他們重視小孩子的性向和興趣，提供與找尋各方資源來輔助他們。例如老大對藝術有興趣，他們讓他參加藝術博物館的活動。他們也鼓勵孩子到動物園擔任義工，讓孩子透過真實的世界，瞭解生物科學。孩子們透過電腦資訊與各式作業簿來增進知識。老大也透過標準考試，評定成績超過一般的學生。

艾倫和蜜雪兒可以出去賺更多的錢，他們寧可花時間與孩子相處，把家庭放在第一位，在工作和家庭都能兼顧的原則下，他們的孩子得到了最好的照顧。

做這種決定，其實也有一些外在的因素。公立學校情況不是很好，教室不夠，很多家長抱怨，他們必須把孩子送到較遠、其他學區就讀。私立學校則太貴，少數族裔太少。他們收養了兩名五個月大的女雙胞胎，終極目標是再領養一名女孩，家中就有了三男三女。

有能力在家中教養孩子，是一件極具挑戰的事。蜜雪兒與艾倫透過信仰，因為對上帝的信心，他們相信，有足夠的資源可以提供給全家。

由於「科技回家」計劃的誕生，我很幸運在波士頓遇到很多「聖人」，像蜜雪兒、艾倫、迪摩等，他們以超越世俗的想法，過著一種高靈性、高品質的生活。這種生活是一種深刻的自省與抉擇，就像美國心理學家萊恩博士（Dr. Vincent Ryan）所說：「生命的真義是知足。」(The secret of life is to know when enough is enough.) 我相信人生過程中的取捨，掌握在自己手中，如胡適之先生所說：「要怎麼收穫，就要先怎麼栽。」

第十章

迎向陽光

My Mom

KIND FRIENDLY BEAUTIFUL

My mom works at HIQ Computers. She works really hard doing her job, but I sometimes miss her because she always comes home very late at night. We play with my dog Noodles and play Monopoly.

by Christina

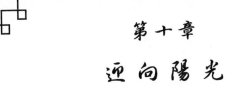

不需要住更大的房子

一九九八年開始，個人電腦產業開始走下坡，在事業上我遭遇到很多挫折，過去，一直以為自己做得相當好，不會犯錯，可是現在，我卻發現自己在生意判斷上發生問題。

這段時間，我非常不能原諒自己，內心的苦悶得不到排解。在生意起落發生變化的時間，我簡直無法承受失敗，有想發狂的感覺，甚至一度認為自己有必要去看精神科醫生。在朋友眼中，我是一個不折不扣的企業女強人，我心中的苦，沒有人真正能了解，我多麼想找人好好哭一場，卻找不到一個可以依靠的肩膀。沒有人知道我童年經歷的苦難，我似乎沒有失敗與後退的本錢，在任何情況下都必須勇往直前。

一天，我在美國商業周刊上看到一篇談個人電腦的文章，對個人電腦產業有完整的分析，內容指稱個人電腦已是夕陽工業，它已成為像電冰箱、電視機等一樣的日常用品了，換句話說，大公司會壟斷市場，而小公司生存的空間愈來愈窄小了。這篇文章如暮鼓晨鐘，我發現自己過去只是井底之蛙，活在自己的小小世界，過去這個小世界還有成長的空間，但現在這種成長空間已經消失了。後來我花了不少時間去了解個人電腦整個產業的狀況，知道這是大勢所趨，不再那麼自責，內心平靜了很多。

在波士頓分公司取得學區二千萬元的契約時，是我最意氣風發的時期，自認可以呼風喚雨，稱得上是企業女強人了。可是，我漸漸體會到，物質的東西並不是自己要追求的成就。人到了某一個階段，都會向內審視自己生命的意義，我也不例外。有一天，我認真地對自己說：「我要做一些真正有意義的事，讓自己的孩子感到驕傲。」我知道事業的成功，或光是賺很多錢，並不是我心目中「真正有意義」的事。

早年，為了求生存，為了過更好的日子，我力爭上游的動力非常強烈，每天拼命賺錢。十多年來，我全心全意把心放在工作上，不斷督促自己朝目標邁進，所以生意愈做愈大。

從小，我總是住在小小窄窄的公寓中，一直夢想有一天要住進一個大房子，而且有一個很大很大的後院。但是住進大房子，還有更大的房子呀！在某一個程度後，我告訴自己：已經夠了，不需要再去住更大的房子了。

當然，往後我希望在事業上另外創一番高潮，並且把非營利事業也做為我生活的重心，我會繼續幫助窮困的人，另外對失婚的女性，也希望能鼓勵她們站起來，找到自我。

堅強的母親

我的個性受母親影響很深，她一輩子生活在艱苦之中，上天不斷給她不同的試煉，她承受各種不幸的打擊，身心俱疲而不得喘息，但畢竟堅強的她，也終究苦盡甘來了。

自幼年懂事開始，記憶中的母親，有著客家人天生的傲骨，支撐她未倒下去，然而，日以繼夜工作，卻仍只能換來基本的溫飽。我成長過程中，幾乎每一個夜晚，都是在昏暗燈光下、在母親踩縫衣機的聲響中沉沉睡去，又在縫衣機「嘰嘰」聲中悠悠醒來。

不記得多少次晨起漱洗時，總要明知故問地問她一句：「媽，您昨晚又沒睡啊？」而母親總是一貫地抬起頭，淡淡地回應：「這批貨得趕在月底出去，到時才領得到工錢啊！」就是為了那點微薄的工資，她的整個青春歲月，就消磨在那周而復始的車衣聲中。

身為長女的我，想起幼時母親受鄰居親朋冷言冷語、奚落訕笑的光景，至今還會心痛落淚；也因為當時無力為母親挺身而出，到現在還自責不已。母親為了保護我們三個孩子，忍氣吞聲、默默承受外界的壓力，正因為如此，我們母子四人，無論歲月如何移轉、貧賤或富貴，永遠能保持溫暖密切的親情。

母親是我所知道最執著於原則的人，若不是她的堅持，我們姐弟三人的命運恐怕難以想像，也因為她對我們無怨無悔的愛，培養出我們正正當當的行事準則；多年來，我們也不曾令她失望。

母親有一群認識四、五十年的老朋友，這些年來，她儼然成了這一群姐妹淘眼中的「模範母親」，在大夥聊天時，她們總會談起早年那段苦日子如何難以難熬，末了，總有人會下個結論：「你總算是苦盡甘來了，以前吃了那麼多苦，但是你看，現在孩子們都那麼孝順，你是真好命喲⋯⋯。」母親現在那仍然美麗光滑的臉龐，也只有在人們稱讚她的子女時，才泛起一絲笑意，我知道，她真的很以我們三姐弟為傲。

母親近年來因為生活環境的好轉，已經可以全心全意地做些她喜愛的工作，義工服務是其中之一，母親樂此不疲地奉獻，再一次影響了我們姐弟三人的價值觀——「施比受更有福」，這是母親從來不曾親口說，卻一直身體力行的原則。

甜甜——我的寶貝

有一段很長的時間，工作是我奮鬥的唯一目標，有一天，讀到女兒甜甜用電腦打出來的一篇作業，對生活，有了全新的醒悟。當時才五歲的甜甜，在主題為「我的母親」的這篇作文中，形容我是一個「溫柔、和善、美麗」的媽媽。她又說：「我的母親在 HIQ 電腦公司工作，她非常認真努力，但有時我好想她，因為她總是工作到很晚才回家。當她在家的時候，我們會一起和我的狗狗 Noodles 玩，她還會陪我玩『大富翁』。」

這篇作文是學校寄來的，當我展讀這一篇作為母親節禮物的作業時，我不禁百感交集、熱淚盈眶。才五歲大的孩子，正是最需要媽媽在身邊的時候，她的喜怒哀樂需要和媽媽分享，不再只是嬰兒期的吃飽睡足就可以滿足的。我突然想到自己有許多該做而沒有做的事，包括甜甜在托兒班裡交了朋友，等我去認識他們；她在學校裡得到了老師稱讚、得到的小徽章，已散落在我的書桌好久了，該是我替她別在深綠色的制服上的時候了！

孩子非常貼心懂事，在我面前從來不抱怨我工作時間，但我發現，雖然日常生活有外婆無微不至的照顧，她夜裡驚醒時，口中喊的總是：「媽媽抱抱！」我開始思考，為什麼這孩子夜裡總是睡得不安穩呢？是不是睡前少了媽媽的擁抱和親吻呢？愈想愈覺得不忍，我的心幾乎都要碎了。我雖然非常幸運，自己的母親一直和我住在一起，照顧我和甜甜的生活，因為有母親為伴，一直不覺得有壓力，但看到甜甜在親手製作的母親卡上寫著：「媽媽不在家的時間太長了，我好想媽媽。」之後，我下定了決心，往後無論如何要將女兒列為第一優先；每天一定在她九點上床之前回到家，而且約定好：九點到九點半是我們母女兩人的「私房話」

時間。

不知不覺地，六年過去了，這六年來，半個鐘頭的談話時間，成為我們最親密的溝通橋樑。談話的內容從小狗 Noodles 的種種，到同學之間的小秘密，包括她最喜愛的流行音樂歌手、團體的軼聞等不一而足。

我發覺，每天總要從她那裡學到一些新的資訊、新的字彙，自己都自覺年輕了許多呢！在她分享一些與朋友間的小故事時，我也經常和她交換生活心得。我自小教導她，和我之間不該有秘密，我希望她能夠充分信任我，知道從我這裡可以得到任何支持。有一次，甜甜告訴我學校裡的一個女同學交了男朋友，我告訴她：「長大後，交男朋友是很正常的事，就像卡通電影一樣的，你的王子有一天終會找到妳的。」甜甜聽了，撒嬌地說：「不！媽咪，假使我的王子來了，我會告訴他，你不要帶我走，我要我的媽咪。」我緊緊地把她擁在懷裡，親吻她甜甜的小酒渦，多麼希望這一刻就是永恆啊！

有一年的萬聖節，在前一個星期，甜甜要求到舅舅家過夜，所以可以和表弟表妹玩，並約定我上午十點去接她。第二天上午，我在前往弟弟家的路上，用手機打電話給女兒，她卻要我晚一點過去，並要我中午十一時半再一起去吃飯。我十分惱火，認為女兒說話怎麼可以不算話，足足用電話教訓了她半小時！而且堅持她必須為自己做錯事道歉。

一路上我也被自己過度的反應嚇到了，自省：是不是自己太依賴孩子呢？這樣對孩子是否公平呢？甜甜總是會長大的，長大後，她有自己的生活空間，不可能每天要她跟在自己身邊啊！我覺悟到：不應該再那麼要求孩子，我必須去安排自己的時間或培養嗜好。

到了弟弟家，我按門鈴，女兒心慌慌地來開門，看到我的笑臉，如釋重負。我告訴她與姪子、姪女，準備帶他們一起去買萬聖節的裝扮，樂得孩子又叫又跳。原本戰戰兢兢期待我拉下臉的甜甜，這時喜出外望地告訴我：「媽咪，妳真的好酷！」於是我們一行人先去選購裝飾用的南瓜、又去吃冰淇淋，然後再去看電影，我與孩子們渡過了一個愉快的周末。

平常，我也不放過任何機會教育，當一年一度公司的活動時，我把女兒帶在身邊，讓她觀察外面的世界。我教女而要有宏觀的視野，做人不要自我中心，我不要孩子因為是獨生女就嬌生慣養。我很欣慰，從她不同的作文中，表達了對媽媽的尊敬，知道媽媽做了很多好事；甜甜也已懂得分享，她要我把家中的玩具送給環境不如她的墨西哥女孩。

甜甜常默默地觀察我的一舉一動，我與弟弟們之間的感情親密，影響她對表弟表妹的友愛之情；她看到我買新睡衣，也幫外婆買一套時，馬上告訴我：「我長大後，會好好照顧媽媽，有好的東西也會想到分給媽媽！」

甜甜很懂得照顧比她小的表弟妹們，一年暑假，我把她送回台灣外婆家，外婆與二位阿姨帶著她與小表妹到佛堂去，不巧碰到停電，大家只好在暗摸摸的佛堂裡聊天。當外婆告訴甜甜：「表弟脾氣不好，做姐姐的要照顧他、教導他喲！」

僅有十歲的甜甜卻像小大人一樣地回答：「是啊，他若是不乖，我都是忍著不生氣，我已經忍耐十年了。」惹得在場的大人忍竣不禁。

女兒的個性好強、不服輸、自我要求高、做事勇往直前、有強烈的責任感。才三歲多，有一次去游泳，長髮遮住了她的眼睛，我問她：「妳為什麼不停下來，把頭髮夾好再游呢？」甜甜不假思索地說：「我不能停下來，一停下，就要落後了！」對於女兒從小就展露出的堅毅個性，我一方面感到驕傲，一方面又感到無比的心疼，擔心這樣的個性，將來恐怕很辛苦。

培養孩子價值觀

二○○○年的暑假，一如往年，我送甜甜回台灣參加國語日報為海外青少年舉辦的中文學習班，這是連續第三年甜甜在台灣度過漫長酷熱的暑假，可喜的是她非常的樂在其中，除了對濕熱的天氣不習慣外，對於學習中文、結交世界各地的新朋友，以及和表姐妹們日夜相處都令她開心不已，假期結束之後，還依依不捨、不忍離開呢！

這一年的暑假，她在學校寫了另一篇作文，讓我感受到，因實際的接觸中華文化，對甜甜啓發頗大。在這篇作文中，我訝異在甜甜的心中，我的外公，也就是她的太外公的去世，對她造成的影響。她和太外公的接觸極少，只有在她三、四歲回台灣時曾經有過少許印象，當時老人家雖然已近百歲，但精神還很好，雖然語言不通，但是經過外婆的翻譯，這一對老小竟然也相處愉快。

甜甜記憶最深刻的一件事，便是外婆於一個午後，在屋內昏暗的光線下替老人家剪指甲，一不小心剪破了皮，流了血，直到今天，甜甜還時常提醒我：「媽媽，您以後老了，替阿媽剪指甲，一定要記得戴眼鏡喲，不要像阿媽一樣剪破阿太的皮，老人家會很痛的。」

在甜甜懷念太外公的那一段敘述中，她提到她的外婆曾經告訴她，太外公是一位非常善良和藹的老人，而外婆印象最深的則是，幼年時太外公鼓勵她要為自己的夢想而活。對一名僅僅十歲的小女孩而言，對外婆的一番轉述似乎已有一層特殊的感受。因為我母親來自一個大家庭，親戚特別多，彼此之間的禮尚往來，甜甜耳濡目染，更加深她對家庭價值觀念的認知。

甜甜提到在台灣與許多表兄弟姐妹的相處，讓她學到如何與人為善、不自私、為他人設想。她同時提到因為與我分開一個半月，了解到媽媽對她的重要性，她經常思考我教導她如何去接受自己、熱愛生命，而且知道我會永遠做為她的支柱，給她全然的安全感。

看完了她這篇自述性的文章，我了解到孩子外表粗枝大葉，內心也有細緻柔美的一面，對我而言，甜甜的懂事與健康的成長，是我一生中最值得驕傲的成就。甜甜漸漸長大了，我的願望是希望她成為一個人格完整、健康快樂的孩子。

爭取應有的權益

講到機會教育，有一個例子我相信對孩子的影響很大。那是二〇〇〇年三月的一個周末，傍晚五點左右，我興致勃勃帶著媽媽、女兒甜甜、姪子和兩位朋友的孩子，前往離家不遠的 UNO 餐館吃晚飯，準備享用一頓美好的比薩餅大餐。進了大門，一名二十來歲白人服務生迎來，他看到我們，叫我們在外面等一下。

十幾分鐘過去了，我們仍然還在等，這時，從外面進來了三名客人，全是高頭大馬的白人男子，沒一會兒，就有一名帶位的東方女服務生將他們引進餐館就座。

我不敢相信自己的眼睛，馬上意識到受了差別待遇，我問這位女服務生這些剛到的客人是否事先訂了位，女服務生回答，該餐館不接受訂位，這下我就不明白了問她說：「為什麼他們比我們晚到，卻能先就座？」女服務生隨即跑去問那位年輕人。

沒想到年輕人不耐煩地回了一句：「他們就是必須等！」(They just have to wait!)

我這下子有些光火了，告訴女服務生：「把你們經理找來，我要跟他說話！」媽媽看到情形有點不對勁，拉著我說：「算了吧！我們就到別的地方去吃算了！」我說：「不行，那麼多孩子在這裡，我一定要把話說清楚！」甜甜看到我生氣了，跟著害怕起來，她要我「不要跟人家吵架」，我趁此做機會教育，安慰她說：「沒關係的，別人不對，我們就要爭取到底。」

足足又等了十五分鐘，一名白人經理出現了，我向他說明剛剛的情形，並請他解釋原因，這位經理並沒有正面回答我的問題，只企圖打圓場：「我們會有位子給你們。」我說：「這不是有沒有位子的問題，我只想知道，為什麼我們先到，必須等四十分鐘，其他人一到就有位子坐，一分鐘都不必等待？」

此時，先前的那位年輕人走了過來，帶著諷刺性的口吻說：「你們的座位已經準備好了，在爭吵過後，你們難道不想吃東西了嗎？」

我沒好氣地回答：「你沒看到我正在和你的經理講話嗎？」意思叫他不要插嘴，我要那位年輕人現場道歉，但對方堅持不肯道歉，我向經理要了那位年輕人的名字後，隨即帶著母親和孩子們掉頭而去。

第二天，我找公司律師寫了一封信給 UNO 餐館的總公司，抱怨前一晚發生的不愉快事件，要他們說明公司對待消費者的政策。

一星期後，我接到回函，信的內容卻聲東擊西：「我們公司一向樂於幫助社區，像在日本櫻花節時，就做了捐獻⋯。隨信附上一張十元禮券，歡迎你們再度光臨 UNO 餐館。」

我對這種打馬虎眼的應付方式很不滿意，要律師將禮券退回去，請他們捐給慈善機關，說明這是一件使消費者權益受損的事件，不可以罔顧，堅持要求該公司做深入調查。

兩星期以後，總公司來了一封正式信函，對當天的事，以總公司的名義，替代那一位新的助理經理向我致歉，這下子才把一場不愉快的風波平息。

母親對這一件事耿耿於懷，老人家認為息事寧人就算了，不應該在孩子面前動怒失態；無論我怎麼解釋，她還是不瞭解，為什麼我們不能換個地方吃飯就行了？反而浪費將近兩個小時，去計較一個年輕人不禮貌的行為。有時，我夾在中西文化不同的思想觀念中，常覺得莫衷一是，但是我始終相信，理直氣壯去爭取自己應得的權益，應該是我們教育子女的原則。

完成美國夢

十多年前，我因生意往來，認識了一名伊朗移民，他的公司就座落在我的公司旁邊。一個周末的下午，他到我的公司想買二十台電腦，認為大批購買電腦，可以殺到一個好的價錢，與我討價還價了半天，已殺到不合理的地步。我對他說：「先生，你要是這樣殺價，其實，我也可以組裝差一點的電腦零售來騙你，用更便宜的價錢賣給你，但是我不想這麼做！」話講完，起身就準備送他出門。

這名生意人對我的直來直往有些驚訝，最後還是決定向我買電腦，之後幾年，我們不斷有生意上的往來，他也因此瞭解我誠實可靠的作風，從此再也未曾討價還價了！因為同是移民身分，彼此也建立了友誼。

這位很有才氣的伊朗第一代移民，早年留美取得博士學位，二十九歲就擔任伊朗大學電機系系主任。二十多年前，因涉及民權運動，連夜逃離柯梅尼政權，當他再度進入美國時，身上僅攜帶五百元美金。

這位現年五十多歲的朋友，聰明之外又很勤奮，在企業方面越做越成功，二○○○年中期，時來運轉，公司以三千萬美元的代價賣給日本公司，一夕之間成為大富豪。

荷包滿滿以後，他卻極盡能事享受物質生活，搬進兩畝地的豪宅，花二十多萬美金裝設一流的音響，又花十幾萬元購買有按摩座墊高級車，車內也都是最高級的設備與服務，比如說，按其中的一個鈕就有接線生服務，提供各種資訊，例如告訴他附近有那些好的餐館，並幫忙指路等等。

他有用不完的財富，但卻對金錢看得比一切都重要，他沒有推心置腹的朋友，因為他懷疑接近他的人，都有意覬覦他的財富。

一年到頭，有大半的時間他都在外出國旅行、洽談生意，對家庭的貢獻與付出非常有限。他的事業成功，但家庭教育卻很失敗，除了金錢，他與妻子、孩子的關係都很疏遠。他的女兒自洛杉磯加州大學畢業後，與年齡大她十多歲、已有兩個孩子的黑人木匠同居，女兒不顧他強烈的的反對，執意嫁給這名木匠。這個爸爸完全不想去知道女兒的心聲，只是一味地不諒解，他狠心地對她說：「妳要是生下雜種，我是不會承認的，我死後，你們也不要來我的墳前祭拜！」甚至對他的太太，他也心不甘情不願地告訴旁人：「我太太連我做些什麼都不知道，可是卻擁有我一半的財產！」

這位自視甚高的伊朗富人雖然有錢，除了慷慨把錢花在自己身上，對其他人卻一毛不拔，也未曾對社會或不幸的人伸出援手。當他向我誇耀自己的新車與財富時，我覺得認識他十多年，兩人卻距離很遠，對這位伊朗朋友，我反而替他感到難過，因為他的生命中除了金錢，實際上是很貧乏的。

美國歷史學家、普立茲獎得主亞當斯（James Truslow Adams）曾對「美國夢」下了一個定義：「美國夢不光是追求名貴汽車與高薪，它應是一種社會常態，讓住在這個國家的每一名男女，無論他們出身多麼寒微，都有機會發揮與生俱來的潛能，在努力成功後，成就受到肯定。」【註】

對成千上萬的美國新移民來說，憑著自身的刻苦奮鬥，想獲得名貴汽車與高薪，並不是一件難事，但想完成美國夢則是一項挑戰。對我來說，完成美國夢，就是回饋人群，美國夢應包含著使命感，是「利他」與「超越個人成就」的。

能有機會回饋社會，我深切體會，其實，是世間最美好的事。人間必須有愛、人們必須相互關懷，實現夢想，不光只是為了自己，也是對社會、對人群的一種責任。

美國一位心理學家說：「海水的潮流從來不能干擾深海底的寧靜，一個人若擁有更寬廣恆常的價值觀，日常的不如意就不能輕易地打擊他。」我的幼年一直籠罩在恐懼與不安中，但這一路走來，我堅信，人是思想的產物，天堂若在你的內心，你就能產生力量與平靜；地獄若在你的腦中，你同樣可以把自己變得脆弱與煩躁不堪。任何人都能渡過災難與悲劇，並且戰勝困難；我們內心都有更堅強的力量幫我們超越難關，我們也都比自己想像中更加堅強。

的確，當我們陷入愁苦或一味地自怨自艾，並不能改變既定的事實；我們唯一能轉變的就是：自己看待事情與接受既定事實的態度。著名的詩人惠特曼(Walt Whitman)很有智慧地教人如何面對困難：「讓我們學著像樹木與動物一樣，順其自然地面對黑暗、暴風、饑荒、荒謬、意外與挫折。」美國神學家尼伯博士(Reinhold Nieburhr)也有一句祈禱文是那麼寫的：「祈求上天賜我平靜的心，接受不可改變的事；給我勇氣，改變可以改變的事；並賜給我，分辨此兩者的智慧。」這句話給我很大的啓發，我無法改變過去的不幸遭遇，但我不願意妥協在困頓的陰影之下；我下定決心，全力奮鬥衝刺，超越障礙，打出一條康莊大道。

有時我懷疑，人性有一種悲劇的傾向，就是渴望未來，而忘了活在當下。常常，我們的煩惱來自想去改變不可能的事，並且被昨日的負擔與對明日的恐懼壓得透不過氣來；但對一些眼前可以盡力而為的，卻常常加以忽略。我從經驗學到，人生最重要的，不是只運用你所有的，而是如何從缺陷與損失中獲利與反敗為勝；艱難困苦，是另一種形式的祝福。我很欣慰，自己戰勝了宿命，驅走了黑暗，如今，能迎向燦爛美麗的陽光，回顧過去，一切努力辛苦都是值得的，磨練，其實是刺激人類潛能最佳的催化劑。

【註】亞當斯定義「美國夢」的原文：

It is not a dream of motor cars and high wages merely, but a dream of a social order in which each man and each woman shall be able to attain to the fullest stature of which they are innately capable, and be recognized by others for what they are, regardless of the fortuitous circumstances of birth or position.

附錄一——給曉莉的一封信

蔡一紅

親愛的曉莉：

曾幾何時，提起筆，竟覺得有如千斤重，不知如何下筆，回想二十年前初抵美國陌生的新大陸，年輕的我，曾經不知天高地厚發下宏願，欲將異鄉歲月的點點滴滴，用紙與筆寫下完整的紀錄。豈知物換星移，也許真是滾滾紅塵後的那一雙翻雲覆雨手的安排，認識了妳而替我完成了這個幾乎不可能的心願。

「迴響」一書的完成，不僅僅是我個人生涯的回顧，更是我全部心靈的完全釋放，妳我促膝長談的每一分每一秒，就如同我成長過程的一步一腳印，妳陪著我笑，也陪著我哭，隨著我回憶過往，更陪著我展望未來，這一份情誼令我感念在心，更難得的是妳那一支化腐朽為神奇的利筆，將我說的故事寫成一篇篇引人入勝的文章，展讀此書，我的內心充滿了感恩與驕傲，感恩的是審視生命的過程，再一次對每一位曾經對我伸出援手的貴人，在心中致以誠摯的謝意，驕傲的是，歷經了那麼許多的掙扎挫折，我終究活過來了。

對在我生命裡缺席的兩位男人，我的父親和前夫，我的心中已經完全沒有怨言，取而代之的也是感激，父親雖然在未能完整參與我成長的過程，但是對我的女兒而言，十一年來她擁有外公完整的關愛，或多或少，也彌補了她生命中缺少父親這個角色的遺憾，而對前夫「文森」，我感謝他在生澀無知的青春年少，扮演良師益友的角色，因為他，我得以有甜甜這樣一個親愛貼心的心肝寶貝作伴，前塵往事，就讓它如過眼雲煙、隨風而逝吧！

我的生命是很豐盛的，親密的家人無怨無悔地陪伴我一路走來，我擁有母親永恆深刻的愛，兩位弟弟培林、應忠以及他們的家人在生活上、心理上始終如一的支持，加上身邊有許許多多的知己好友，分享我的喜怒哀樂。當然，最重要的，是我的寶貝甜甜，慧黠貼心，長得快和我一般高了，卻還常常黏在我懷裡撒嬌。每天下午五點鐘，我準時在校門口等著接她放學，看著她帶著陽光般燦爛的笑容，鑽進我的車裡，迫不及待吱吱喳喳，想要一股腦將一天發生的趣事全部告訴我，妳說，生命至此，夫復何求？

一個人與生俱來的特殊環境與能力是一種恩寵，可遇而不可求，若是後天得以因為自覺自重而活出自我的尊嚴，甚至有能力發展為大愛去愛人，這才是真正的幸運，藉著妳的筆與彼此的溝通，我查覺自己真的是幸運的。我體認出，人生無常，把握今天，珍惜生命中的每一刻，才是最重要的。

一紅

附錄二——我們的 *Echo*

鄺如丘

深廣的眼眸是你會從她得到的第一印象。

「我們的第一次」是一九九五年美華電腦協會在矽谷的年會。衣香鬢影、冠蓋雲集中的蔡一紅，一襲優雅的夜禮服、在重重疊疊的男性 CEO 簇擁下、緩緩行來。你左看看美豔豔的各公司老闆娘們、右看看嬌滴滴演出的娛樂場小姐們，目不暇給之際，我的心卻為蔡一紅那雙述說著不同的語言的眼睛，毫不設防的打開了。她們淡淡的一點都不急切、她們沉穩得自在自信、她們又濃鬱的教你迷惑似異國的黑森林，那是一個什麼樣的靈魂住在其中？

那晚，我是執麥克風的晚會司儀、她是美華電腦協會理事長，我們的交集、太正式了。但因著她的眼睛，我單方面覺得那是一次獨特的邂逅。

以後，她是客氣、我是好奇，就一次次的聚在一塊兒了。有 ASI 的朱麗英、有保險業的吳祖娓、有金韻歌后陳明韶、有立碁的李華、有會計師陳心珮……，每個女人都有好多把刷子、好幾重角色，我常常在聚會中「主持節目」，套引大家多談一些心裡的話，談笑風生之餘，我們也有幽幽的嘆息、無聲的淚滴。有時我會想，假如努力的耕耘一下，每位女士都是一本書呢！點點滴滴的，我聽到 Echo 困厄的童年、赤貧的青少年、工讀的大學生活、及被她走出去的婚姻。這些吉光片羽，增加了我腦中「蔡一紅傳」的資料，每次不論誰提起她，我都再加一百二十分。她是那麼肯定、那麼有計劃力、組織力、與堅持力，這些幾乎所有女生都很「菜」的特質，她蔡一紅卻一塊一塊完美的鑲嵌起來、戴在美麗的頭頂，像個珍貴的冠冕，把她裝點為實至名歸的 PC 女王。

Echo 的生活中，不只女朋友多、她「男的」朋友更多。也開公司、從 DRAM 走到 Set top box 的陳海帆就是一個，他說八〇年代趕集跑秀的 Echo 是「小女孩好辛苦，真不容易啊！」。她也一再提到當年 Eio 電腦系統公司草創，許多同行給她的支持協助，後來都做了很好的朋友。我曾多次參加他們的餐敘，均已闔家參與，從事業的交流延展到深摯的友誼了。成功而又美麗的女人，總易教人又羨又妒。而她的、男的朋友的、夫人們，居然對她這個「矽谷最有價值的單身女子」都很放心，你看厲不厲害？Echo 說做人要講道義，「朋友之夫不可戲」！就那麼簡單？我說那也真的太「正義凜然」了罷？她被我糾纏不過，終於「誠實」的回答：「我又沒喜歡上任何一個」。當她最近處理亞特蘭大分公司的緊急狀況時，也應用了這個個性 — 不進死胡同，當機立斷的氣概。我深感 Echo 集男性與女性的優點於一身，不論男的女的都會愛上她。她的愛，寧缺勿濫、專情至意；最難能可貴的是，她知道什麼才是真愛。

一九九七年，她應玉山科技協會之邀，在玉山小聚演講。那一夜、南灣庫比蒂諾市的大鴻福餐廳，就似一串串流蘇綴子、深藍、黛綠、濃紫、加上豔紅與鮮黃的大小珠玉將之串起，蔡一紅將她艱辛終至有成的創業歷程，鋪排在一塊堅強如黑夜的、百分之一百純棉質的布料上，有高低起伏、有歡欣、有痛楚地呈現給聽眾。誠懇、實在、而又充滿了傳奇。我聽過為數頗衆的矽谷創業家演講，很少能像聽她的演講這樣、凝神專注、一字不漏地照單全收。她的魅力是：She cares！她思考演講的內容、她把心灌注在觀眾身上、她的前後邏輯絕無隱瞞，於是一席話就如卡拉 OK 的排行榜第一名，被矽谷人拿出來放了又重放！

但是，她的的眼睛還在訴說無盡的故事、並不是每個人都讀得懂的故事。

有個清晨，我去拉斯蓋圖斯的爬小山，在農夫市場聽人說她病了，就買了一把紅豔豔的辣椒花送到她門口，因為怕吵人清夢，就打行動電話留訊息給她「祝妳早癒」，不料她卻親自接了：「眼看你跑百米似的，匆匆來去，追都追不及」。有一年舊金山灣區華人運動會，我當公關，到 EiQ 去找晚會的贈品，本來想電腦鍵盤滑鼠墊就很好了，她卻親自去庫房搬了一大盒出來，是價值好幾百的 Yamaha 喇叭一組，我在晚會拍賣籌款時，買了回來，現還伴著我的電腦、坐在我的辦公室裡。有一次好大一群女生到她家聊天，談到十分「性感」的話題，每個人都在大「吐槽」，危急之時，我對她眨眨眼，她心領神會就幫我不著痕跡的擋了。我最喜愛她唱的「老情歌」、「雙人枕頭」，柔麗的音質、淡淡的哀愁，是一個百分之九十五、自我控制極佳的蔡一紅；而唱她自己摯愛的「囚鳥」時，卻有不能言傳的、尖利如刀的苦痛。桑尼維爾的混合水果汁、聖荷西的三明治、中信廣場的珍珠奶茶、費立蒙市的鐵板燒，三不五時的午餐小聚，多是我拜訪公司、辦理公務之餘，到 Eio 尋她，再一同去的。即使我問要不要我開車，還是每回總是坐她的車，我笑稱她「掌握自己方向的女人」，她也欣然接受。二〇〇〇年我搬離矽谷，又回去辦些瑣事，她把她「不愛開」的嶄新休閒車 Lexus 借給我，我開到唐夢君的車行去，好幾個客人都問車子要不要賣？我開玩笑說賣了捲款潛逃，我不就發了？蔡一紅當然比幾萬美元值錢得多，我才不會那麼笨！

曾經聽說，成功就是踩在別人的頭上走過去，以他人的失敗換取自己的成功。對 Echo 來說，完全相反！她與家人共同經營公司、絕不計較藏私；她的員工一留好多年、在矽谷傳為美談，就能證明她的領導才華、與提攜以誠的態度。她的寬厚，由私到公比比皆是，越是明瞭前因後果的人、越覺難得。

近年 PC 工業夕陽西下，也曾帶給 Echo 不少的疑慮與憂煩，她自我省思、努力想走出新局面，都已有了相當的收穫。我們希望她事業的第二春，能柳暗花明迅即可見。蔡一紅在波士頓挑戰數位區隔 digital divide 的成果，是我們中華兒女的驕傲；最近她還親往參加當地學區孩子的畢業典禮，是真切的參與、並不是表面功夫。

直中有曲、柔中帶剛的 Echo，對業務行銷天才獨具，她與人相處的經驗技巧，當然可以世界級居之而不為過！她想讓你開心，真的不難；你要帶給她快樂呢？聰明慧黠如她，一要看緣份、二要看你的真心，友誼愛情的路上，誰能陪她一段？看完這本書，你一定會冀望下期分解 Echo 蔡一紅的內心歷程、感情世界罷！讓我們相約於金門大橋的晨曦中，一定會有那麼一天，Echo 會凌波微步、姍姍而來，欣欣然、娓娓地道出她情感的歸宿。從我的心底深處，我要對她祝禱：「Echo！一定要幸福、如意！」

附錄三——波士頓科技城藍圖

「教育」好比是足球賽中眾人注目的焦點，被人踢送傳遞、抱著繞球場跑，每個人都關心它、討論它，但你卻鮮少能看到有誰願意冒險從對手的手中搶過來、觸地擊出，最後，持球觸地得分。而波士頓市長馬尼諾（Thomas Menino）是那些少數願意這麼做的人。他並不喜歡只坐在界外區觀看球賽，他渴望能加入賽局、創造出新的局面。他的確做到了，一個迴然不同的賽局正在形成中。

在前幾任市長就任時，馬尼諾就已注意到：「科技」將會是教育改革中一個全新、具影響力的一環。藉由科技，馬尼諾與市府顧問團對教育設計出長程計劃，並企圖將科技帶來的好處具體落實於波士頓市民生活中。

學生們畢業後，在社會上能得到較優渥工作待遇，他們有不少甚至在校時就已考取專業執照了。資料顯示，有愈來愈多學生報名參加課後課程，期以獲得更多專業技能。家長與教師們也漸漸透過使用網際網路獲取與討論學校相關課程活動。企業們更全力投入這場具有遠景、優秀人才的栽培。

馬尼諾市長承諾市政全面革新

「每個孩子都是寶」，這是馬尼諾一直強調的觀念。從他的聲音、從他的臉部表情，你可以感受到這並不是一般虛浮的官話，馬尼諾真的這麼認為。對於波士頓的教育政策，馬尼諾有其個人特殊看法，他非常重視教育。

馬尼諾認為「教育為成功之本」、「想要找到好的工作、擁有好的生活條件、住房，好的教育是最根本的，沒有它，這些都只能妄想。」馬尼諾有信心在城市內不同的文化間，建立起一座「數位之橋」(Digital Bridge)。他認為：「這種多元化存在，正是我們的優勢之處，它讓波士頓市民重視多元文化的價值，學習到如何與他人共處。」特別在波士頓建立了許多科技中心，希望能帶領兒童、青少年、成人、所有的市民們進入數位時代。

當馬尼諾在為科技成就規劃目標時，他發現有許多需要深思之處。他說：「你必須確立具體的目標方向，否則，很容易迷失方向。」他在波士頓的教育政策即是如此，完美具體地落實於市民生活中：每四位學生即共用一台電腦，學校裡所有的老師都有電腦可使用，師生透過電腦彼此互相聯絡、共享學校圖書資源。

「曾有人問我，在教育改革中，我希望看到什麼樣的成果？」馬尼諾回應：「不是科技軟硬體的建設，而是在『人』方面的發展。我希望所提供的這些教育系統，讓大人小孩們都可以發揮所長、激發潛能——這才是我最想做的。」

馬尼諾的所做所為、政策成就，深植於波士頓市民們的腦海。馬尼諾並不是個隱身於舞台幕後、默默工作奉獻的市長，他向所有關心波士頓發展的市民們一一提出現有存在的問題，虛心接受專家學者的意見，向市民們承諾他的雄心壯志。也由於企圖心甚強，有太多的想法、理念欲付諸實行，然而，要在最短的時間內達到，馬尼諾認為網際網路是最佳的利器。馬尼諾與其市府團隊規劃了一份藍圖、發起一項無稅徵策略，且集結了各方面計劃，為波士頓學童與家庭間建立一座相互溝通的橋樑，帶領市民們邁入數位的經濟紀元。

波士頓所有的市民們——包括工商企業、老師、家長、學生以及政府官員——已一步一步地具體勾勒出這份藍圖，每個人都興奮地討論著。為建立這座有益於家庭、個人、企業以及整體社會經濟的數位之橋，各種形形色色的觀點被凝聚在一起。事實上，也由於各方團體的投入參與，這項計劃得以順利實行。

英勇的創始

一九九六年，馬尼諾在老舊的波克高中（Jeremiab Burke）發表他的施政報告。馬尼諾向市民陳述他在教育方面的理念，是穩健、安全的，不會不切實際、空想，但他也聲明並不是他所有的想法都能實現，畢竟受限於現實環境的考慮，有些事可能無法成功或百分之百的保持完美。

令人吃驚的是，馬尼諾放棄了一般人認為平穩可靠的教育改革方式，反而將他腦海中的數位之橋以清楚、明確的方式勾勒出執行細項，且以最快的速度將其溶於市民的生活中。

馬尼諾有信心地說：「在二〇〇一年，你將不會只在實驗室才看得到電腦，電腦將存在於每一間教室中。每四位學生即共用一台電腦，學校裡所有的老師都有電腦可使用，每間學校圖書館都可透過電腦查詢波士頓市立圖書館裡六百萬餘本的藏書。」所有波士頓市內學校皆可以高速寬頻連結至網際網路。

當年的波士頓市，平均每六十三位學生共用一台電腦，教師亦僅有百分五至十使用電腦，而教室裡甚至根本沒有電腦可使用，全市也僅有一所學校使用數據機撥接上網。

活躍的開始：改革

市府科技工作小組人員傾向在任何情況的改革，都能有「二擇一」的方案。而大部分決定先從研究工作開始，一來不但可以從分析方法中得到一嚴謹的結果，並可避免困窘發生。然而，當研究員預期到，整個改革所需付出的代價太大時，他們又打算回到原點，重新另一研究階段。但馬尼諾認為「先做了再說！」(Just do it!)

馬尼諾的市府科技工作小組以極快的工作效率執行改革，他們得到來自麻州與其他州工商企業、志工家長、機關團體以及任何對這項改革有興趣的人的幫助。然而，有些人半途放棄了，因為他們認為不會成功，到頭來一事無成。

在贊助者中，網康（3Com）集團贊助價值數百萬美元的硬體設備，其他企業亦如此。(International Brotherhood of Electrical Workers）投入波士頓市內所有學校的網際網路佈線工作。一九九八年十月，比起美國其他地區，波士頓市內學校已擁有全區的網際網路與最快的寬頻上網速度 — 這超過了馬尼諾當初預定的時程。

市府團隊的科技顧問蓋格（Steve Gag）說：「這有點像是多層次的西洋棋遊戲，我們需要一項具體的計劃，向工商企業與市民們證明我們絕對不是空口說白話。我們需要企業的支持，以指引這項計劃，使其不致偏差、符合事實所需。我們需要學校告訴我們，他們想要的是什麼，他們期望得到什麼，並且希望他們能參與這項計劃，使其能持續下去。」

當數位之橋建設完成，整個波士頓城市呈現另一種風貌，帶領所有市民們進入二十一世紀新的工作領域、機會以及遠景。而如網康集團、美國線上、微軟、Verizon Communication、Arnold Communication、Keane、Target Software、英代爾、HiQ、Foley、Hoag 以及 Eliot 等工商企業共聚一堂，提供技術支援與最新穎的設備。學校也一步一步地邁向改革之路，學生們更是完全適應新的學習環境，且透過科技，社區鄰里間人與人的關係更顯親密。

今天，波士頓全市已有一百三十所學校已架有網路，平均每六位學生即共用一台電腦，有百分之六十五的教師在有電腦的教室接受培訓，有一千五百多名學生登記電腦課程，共有二十六間圖書館架有網路連線，且還有一百個社區亦有網路連線。除了網康最初的百萬美元贊助外，後續還有來自私人企業的二千萬美元的贊助款、波士頓市政府的五千萬元預算、以及聯邦 e-rate 計劃的六千五百萬元撥款。波士頓的數位之橋仍按著計劃在進行著，其影響力除了波及現在，甚至遠至波士頓市、麻州、以及整個美國的未來。

整個計劃能如此成功，多元藍圖規劃是其中之因，同時能創新、激發正面影響亦是不可或缺的因素，然最大的功勞，可歸功於馬尼諾市長的挺身而出、召集願意追隨其理念的人們以及大家日以繼夜的努力。

混沌的局面

波士頓公立大學總負責人斐桑（Tom Payzant）說：「這份藍圖一開始專注的焦點即

在學校，而負責學校技術監管的葛嫡（Ann Grady）建議我們，可以請工商企業們預先幫我們草擬一份計劃說明。」根據這份草稿，我們再請想要架設網路的學校們撰寫一份有關於學校打算如何使用這些電腦設備的正式企劃案。葛嫡說道：「這個方法頗受校方的積極參與，而我們在八週內，即完成十八所學校的網路架設。」

接下來，我們尋找願意提供波士頓中等學校一年期網路服務的企業 — 由網康集團慷慨解囊，網路年（Net Year）正式誕生。 網康教育部門執行長 David Katz 說道：「馬尼諾市長真的成功了！」整個網路服務共花了十四個月才完成。

在一九九六年，波士頓著名的波士頓拉丁小學（Boston Latin）推廣一項全市最引以為傲的科技計劃。Boston Latin 創建於一六三五年，是全美最早建立的公立學校。由於收到校友 Andrew Viterbl（QUALCOMM 創立人之）的捐款，Boston Latin 僱用全職的技術人員，全盤負責師資之訓練以及科技與課程的整合。從結果來看，Boston Latin 可說是教育改革中成功的典範，更是首開結合二十一世紀科技成功的先例。

藍圖另一個焦點即是在一九九八年打造一個全新的 TechBoston。透過網康集團與思科系統在設備、課程、與人員訓練方面的支援，第一年，有一百多位學生參與實驗性課程的學習。TechBoston 核心發起人史吉波（Mary Skipper）說：「我們提供學生專業認證所需的技能，並給與更高深的教育知識內容。」

這些學生回到學校後，在網際網路、電腦技能、網頁設計、程式撰寫以及資料庫模式等各方面提供他們的所學。他們也在波士頓市立圖書館與其他較大型的組織提供資訊技術的支援與人員培訓。配合工商專業知識的輔助，TechBoston 提供高水平的技術人才培育，且在畢業後直接分發優秀人才至福利制度條件不錯的當地企業工作。而其他學生則繼續觀察培訓，但允許以實習身份一邊工作一邊學習，以瞭解企業的需求。

TechBoston 自一九九八年培訓計劃開始，每年參與人數都有逐年增加的趨勢，一九九九有七百五十位學生，二〇〇〇年有一千五百位學生。這項培訓計劃引進中等學校，提供程式撰寫與網頁設計給中學生們，希望他們能提早接觸科技的奧妙。未來則將培訓對象對準至社區中心的成年人們。

TechBoston 在專業技能的培養、經驗的傳承上扮演著一個很重要的角色，使得人們得以將科技與生活整合在一起。而它也創造了一個雙贏的局面 —— 企業界提供資源教育未來的員工，而學生從教育傳承中提昇其勞動價值。

藉由科技建立新波士頓

一九九八年，已有一百三十所學校、二十六間圖書館、與一百個社區已架設網路連線、擁有最快的寬頻上網速度，且校內的電腦數量日趨增加，學生與教師大都亦會運用電腦技能在教育學習上。然而，仍然只有極少數的孩童在家裡有電腦可使用。

市府科技小組顧問迪摩說：「我們可以具體地指出目前波士頓已施行的政策成果；合作的企業也可透過 TechBoston 計劃看到當初對他們的承諾，Boston Latin 更是一顯而易見的科技與教育的整合成果。但是，有個問題依然存在——我們要如何找到那些願意長期支持且帶領我們邁向未來的合作夥伴呢？」

一般人可能直覺地就想：哦，那一定是跟大企業集團合作，只有他們才有可能願意這麼做；但是，大企業集團通常比較難掌握。此時，我們遇到了 Eiq，一家規模較小且相對較不怎麼耳熟的公司。某天馬尼諾市長接到一通 Eiq 的總裁蔡一紅遠從加州桑尼維爾市打去的電話，她很簡單地問了個問題：「只要捐贈一千台電腦給波士頓市政府，這項原本牽涉到大企業集團的計劃就可以推行了嗎？」

答案是肯定的，而「科技回家」這項計劃因而正式展開。

這項計劃很簡單，但卻是史無前例、非常創新的想法。它牽涉到社區鄰里中的組織團體。這些當地的組織團體是整個計劃的焦點，專門負責收集家長們的想法，他們想要什麼，他們在想什麼。整體來說，「科技回家」這項計劃必須由家長、企業集團、當地組織團體以及波士頓市府共同協力才能進行，而負責資金運作的團體則負責提供所需的軟硬體設備、人員培訓以及從家裡、社區連結上網所需的一切支援。

不久後，蔡一紅又提供師資培訓的教育課程，且分毫未取，她這種慷慨解囊的贊助行為，亦吸引了不少其他贊助者的支援。網康提供高速寬頻數據機，Keane 與 Target Software 則協助計劃的規劃與執行，Linking Up Villages 提供麻省理工學院多媒體實驗室所研發出來的網際網路型式，微軟捐贈 Windows 與 Office 軟體，以及 Staples 與 Lexmark 共同提供噴墨印表機。

這兩項實驗性的計劃已經完成。MIT 同意協助規劃一份公平的評量準則，也因此，這項計劃被給予極高的評價、獲得肯定的讚賞，且不斷檢討改善執行模式，以使計劃成果更具有效性。此外，美國經濟部亦捐贈一百五十萬美元，以加速這項計劃的落實。目前正參與此項計劃的成年人，有三分之一以上的人已找到不錯的工作，而在職者在工作崗位上則是更加得心應手。

今日，波士頓已成功地將科技帶入每一所學校、校內每一個角落 — 這不是夢，這是事實。然而，仍有太多的事須要去做，未來的不確定性太多、改變的範圍更廣，我們需要的將是「終身的學習」。對目前的波士頓來說，如何維持改革的動力、如何從現有的去學習、如何持續維持科技的發展以使社會福利得到最大等等正面臨的問題。因此，五大科技公司的領導人成立一「數位之橋基金會」(Digital Bridge Foundation)。

這個基金會的參與人，有的是商業界的服務提供者，有的是教育界的教師們，也有的是純家族個人投入的。大家共聚一起創造、實行任何可行計劃，將科技溶入人們的生活中。這個基金會的名稱聽起來、感覺上就很有「機會」(opportunity) 可行，它正視數位鴻溝 (digital gap) 所隱含的負面意義，並專注於未來要走的方向 — 在數位之橋，你可以越過阻礙、看到新的契機。

山丘上的城市

由於學校、學生、家庭彼此具有相同的認知，波士頓才能變得更好，而這份共識亦是所有人全力奉獻的最大動力，而這些人的奉獻成為馬尼諾市長經營施政最佳的基石。

波士頓代表了一種模範：當人們共同關心一件事且願意為他們所相信的事而努力，任何夢想都是可以實現的。這種模範牽涉極廣，企業集團、學校、教師、政府官員、家庭、社區組織團體等，每一個都占有舉足輕重的地位。這種模範之所以形成，主要是來自所有人有共同的信念、願意分享共同的利益。沒有人輸，每個人都是贏家。

這裡有一則動人的例子：一九五二年，懷特柏斯（Andrew Viterbls）畢業於波士頓拉丁小學（Boston Latin），後來成為數位無線產品領導廠商 QUALCOMM 的共同創立人之一。他曾收到各種榮譽學位，亦曾在柯林頓政府所屬的資訊科技顧問委員會服務。他說：「生活中，我能有一好的開始，這都可歸功於我所受的教育。」為了表達內心的感激，他大力贊助母校（Boston Latin），提供校方一位全職的技術人員。

懷特柏斯在四歲時，跟隨其雙親從遙遠的義大利來到美國，從那一刻起，他也選擇了一條通路美好未來的路。因為波士頓最具代表性的波士頓拉丁小學創立宗旨是：幫助外來至美國努力奮鬥的人們，融入美國大文化，以建立本身的家園。

由於懷特柏斯的贊助，波士頓拉丁小學目前有一位全方位的全職技術人員閩妮（Catherine Meany）服務於校內，他全盤負責師資之訓練、以及科技與課程的整合。在校內最大的創舉是在每一間教室皆安裝一套嵌於天花板的投射器，且亦設立數間藝術、科學、外語學習的專用研究室，以及一間新的電腦繪圖研究室。

在其他國家，那些在尋找教育傑出才能的人們稱波士頓為「山丘上的城市」。波士頓的科技使得過去那些教育的希望與夢想變得觸手可及，而新一代的市民更加致力於改善、進步，使波士頓更為閃耀璀璨。波士頓融合了不同地區的特色與資源，將每個人的才能集結在一起，使得這座山丘上的城市更加令人嚮往——這就是數位之橋最大的目的。

【取裁自波士頓教育刊物 Converge 雜誌】

附錄四——「科技回家」與「數位之橋基金會」

一九九九年一月十一日的市政報告，波士頓市長馬尼諾宣佈「科技回家」計劃，有很多企業集團共襄盛舉，捐贈超過一千五百萬美元給市長的「學校科技化」計劃。這筆贈款使得波士頓市成為美國第一個在學校建立寬頻網際網路的都市。在全心參與計劃後，蔡一紅集中注意力加強低收入家庭的技術能力。

蔡一紅設定這個計劃的目標是：選擇低所得收入的家庭、培訓他們，提供電腦設備鼓勵他們：

提昇就業機會、改善孩童學習績效、社區與企業加強合作、社區內外網際網路的建立等。蔡一紅認為要達成她期望的目標，必須所有企業機構一起參與。

蔡一紅與市府主管迪摩（Edward DeMore）、市府的科技顧問蓋格（Steve Gag）密切商討後，她提出一項計劃吸引其他企業機構的參與，並建議設立「社區中心」(Community Based Organizations, CBOs)，由波士頓五大社區中心共同組成。

這項「社區中心」的設立在一九九九年夏天完成。其運作模式為，每一社區中心即為中心計劃的社區領導者，將其現有的社區技術資源與企業的贊助加以整合協調，確保「科技回家」這項計劃能確實執行。

二〇〇〇年一月，蔡一紅設立「數位之橋基金會」(Digital Bridge Foundation)，有迪摩與四大科技公司的總裁參與其中。

這項作為前導模範的計劃在二千年春冬交替之季完成。每個家庭接受長達十至十二週的訓練，通過考試測驗後即可將電腦帶回家。在二千年秋季，這項新的計劃也引進其他四個社區。評估結果反應，「科技回家」這項計劃透過兩代共同學習的方式，在科技技能的教育方面，已有實質成效。

這項計劃不但是學習電腦的好機會，更是社區成員彼此認識的好契機，即使沒有上課了，家庭間仍相互保持聯絡、共同討論問題、為彼此解決問題。課程學習計劃相當具有彈性。

家庭的參與是這項計劃能持續不斷的主要原因。透過開會、家庭訪問、以及聯歡會的舉行，與家庭保持相當的聯繫，希望能繼續幫助他們，同時，透過他們的推薦，使其他尚未參與的家庭加入這項計劃。

波士頓數位之橋基金會 (The Boston Digital Bridge Foundation)

波士頓數位之橋基金會是繼科技回家計劃後，所成立的整合性管理基金會，它由高科技公司的負責人共組董事會，成員包括：HiQ 電腦公司總裁蔡一紅、Target Software 總裁 Charles L. Longfield、Keane, Inc. 創辦人兼董事會主席 John F. Keane、Intelligent Software Systems, Inc. 創辦人兼總裁 Nishikant Sonwalkar 博士，他亦是麻省理工學院多媒體實驗室多媒體研發總負責人、Technology Business, Arnold Communications 企業合夥人兼總裁 Kenneth Umansky。

電腦技能是現代社會經濟的基礎，為了能夠搭上這台新經濟列車，工作者勢必透過電腦科技來工作。美國企業界為了能成功本土化、國際化，他們需要受過專業訓練的員工為他們工作。因此，波士頓數位之橋基金會希望能提供這些技能與工作機會、培養優良的人才。

電腦是企業、政府、教育、溝通以及傳輸的整合性工具。事實上，有一些大型的貿易公司是「虛擬」的，他們沒有實體店面，但在網際網路上影響力很大。在很多產業中，即使是最簡單的工作職位——從繁雜的文字處理員到設計——都會要求具備電腦技能。

要想自由穿梭這個新世界，具備電腦與其相關知識是必備的。然而，由於價位過於高昂，很多美國人仍然無法負擔最基本的電腦硬體配備或相關電腦技能的培訓。因此，當企業在找尋具有專業技能的員工時，那些原本可從這些工作職位獲得幫助的人，即因為缺乏相關的技術能力而未被採用。

有人認為這是「數據分隔」（digital divide），但我們反過來想，認為這是一個罕見的「數位契機」（digital opportunity），只要提供學生或失業、能力不足的人這些科技專業能力，他們就有機會得到高薪的職務。波士頓數位之橋基金會是一個非營利的私人機構，能創造更多的機會給人們。

藉由企業、大專院校、中小學校、政府機構、家庭以及社區組織團體的同心協力，波士頓數位之橋基金會使所有的參與者奉獻自己的所長，得到前所未有的成就。推行這項計劃，將科技溶入人們的生活中，使學生預先在電腦技能方面做好準備，讓他們沈浸在電子商務世界的最前端，分享網際網路資源。波士頓數位之橋基金會主要目標有以下幾點：

監管「科技回家」計劃、在波士頓各級學校推廣「科技波士頓」、建立科技研究院。

「科技回家」計劃（Technology Goes Home）

這項計劃主要提供科技給低收入的家庭。每一個家庭通過課程訓練後，能得到一台個人電腦，且附有一台數據機、微軟捐贈的 Windows 與 Office 軟體，Lexmark 噴墨印表機、以及免費撥接服務。這項實驗性計劃已在波士頓三個社區裡完成。

「科技波士頓」（TechBoston）

主要是提昇學生技術能力，能在未來的就業職場上與人競爭。此計劃提供了高中學生電腦課程，解決了波士頓市最頭痛的問題 — 大部分的學生在畢業來臨前，才發現自己缺乏職場工作所需的技能。

該計劃提供五種不同領域的認證，讓學生自行選擇課程：網際網路、微軟系統工程、網頁設計與程式撰寫、微軟應用程式、機械系統工程。有超過五十家企業參與這項計劃，包括 3Com、Bell Atlantic、Cisco、HiQ Computers、Keane Corporation 以及微軟，他們提供了財力、軟硬體設備以及其他所需的支援。超過六百五十位公立畢業生參與了「科技波士頓」的培訓。「科技波士頓」培訓計劃還將推廣至波士頓每所學校運作。

科技研究院（Technology Academy）

電腦技能會隨著環境的變動而變，科技研究院是要讓使用者或技術人員能維持共同的技術水準，以便與同僚或同儕進行溝通。科技研究院是一個專門研究最新知識的單位，位於波士頓中央，同時參與「科技波士頓」與「科技回家」兩項計劃，主要提供最新的電腦技術與訓練課程。波士頓數位之橋基金會將與「科技波士頓」組織成員共同發展科技研究院，由當地相關的科技公司提供專業顧問與財務支援。

波士頓數位之橋基金會邀請麻省理工學院多媒體實驗室擔任成果評估小組，規劃一份能確實評量成果的文件。波士頓數位之橋基金會也設計了一份關於資源投資報酬的評量表。雖然波士頓數位之橋基金會是個非營利機構，然其所舉辦的活動仍能獲取利潤。

【取材自波士頓市長辦公室資料】

（請沿虛線剪下）

234

台北縣永和市自由街51號9樓之3

瀛舟出版社收

請用阿拉伯數字書寫郵遞區號

通訊處：　　市縣　　鄉鎮市區　　路(街)　段　巷　弄　號　樓

寄件人：

請貼郵票

瀛舟叢書讀者服務卡

謝謝您購買這本書，爲了提供更好的服務，敬請詳填本卡各欄後，寄回給我們（請貼郵票），您就成爲本社貴賓讀者，將不定期收到本社出版品、各項講座及讀者活動等最新消息。

您購買的書名：________________________________

購買書店：______ 市 / 縣 ____________ 書店

姓名：_________ 年齡：_________ 歲

性　別：☐男 ☐女　　婚姻狀況：☐已婚 ☐單身

通信處：________________________________

電話：________ 傳真：________ Email：________________

職　業：☐製造業 ☐資訊業 ☐大眾傳播 ☐公
☐服務業 ☐自由業 ☐農漁牧業 ☐教
☐金融業 ☐學生 ☐軍警 ☐其他

教育程度：☐高中以下 ☐大專 ☐研究所

您習慣以何種方式購書？
☐逛書店 ☐劃撥郵購 ☐電話訂購
☐傳真訂購 ☐團體訂購 ☐銷售人員推薦
☐其他 _________

您從何處得知本書消息？
☐逛書店 ☐報紙廣告 ☐廣播節目 ☐書評
☐親友介紹 ☐電視節目 ☐其他 ____________

建議：

瀛舟出版社

電話：(02) 29291317　傳真：(02) 29291755
e-mail: publisher_supreme@altavista.net

（請沿虛線剪下）

勵志叢書

迴響

Echo

作　　者 / 劉曉莉
總 編 輯 / 趙鍾玉
封面設計 / 阮文宜
內文排版 / 方學賢
法律顧問 / 趙飛飛 律師
發　　行 / 瀛舟出版社 (Enlighten Noah Publishing)
社　　址 / 3521 Ryder Street, Santa Clara, California 95051, USA.
電　　話 / 1-408-738-0468
傳　　眞 / 1-408-738-0668
電子郵件 / info@enpublishing.com
網　　址 / www.enpublishing.com
國際書碼 / ISBN 1-929400-24-1
台北辦事處 / 台北縣永和市自由街 51 號 9 樓 之 3
電　　話 / (02) 2929-1317
傳　　眞 / (02) 2929-1755
郵政劃撥 / 8259-2487-2557
總 經 銷 / 時報文化出版企業有限公司
地　　址 / 台北縣中和市連城路 134 巷 16 號 5 樓
電　　話 / (02) 2306-6842
定　　價 / NTD 250
初　　版 / 2001 年 8 月